U0536284

〖中华诗词存稿·名家专辑〗
中华诗词学会 编

郑伯农诗词选

郑伯农 著

中国书籍出版社
China Book Press

图书在版编目（CIP）数据

郑伯农诗词选 / 郑伯农著 . —— 北京：中国书籍出版社 , 2019.9
（中华诗词存稿）
ISBN 978-7-5068-7423-6

Ⅰ . ①郑… Ⅱ . ①郑… Ⅲ . ①诗词—作品集—中国—当代 Ⅳ . ① I227

中国版本图书馆 CIP 数据核字 (2019) 第 197364 号

郑伯农诗词选

郑伯农 著

责任编辑	王志刚
责任印制	孙马飞　马 芝
封面设计	采薇阁
出版发行	中国书籍出版社
地　　址	北京市丰台区三路居路 97 号（邮编：100073）
电　　话	（010）52257143（总编室）（010）52257140（发行部）
电子邮箱	eo@chinabp.com.cn
经　　销	全国新华书店
印　　刷	北京虎彩文化传播有限公司
开　　本	710 毫米 ×1000 毫米 1/16
字　　数	200 千字
印　　张	18
版　　次	2019 年 9 月第 1 版　2019 年 9 月第 1 次印刷
书　　号	ISBN 978-7-5068-7423-6
定　　价	198.00 元

版权所有　翻印必究

《中华诗词存稿》编委会名单

顾　　问：郑欣淼　郑伯农　刘　征　沈　鹏
　　　　　　葉嘉莹

编　　委：（按姓氏笔画排序）
　　　　　　丁国成　王　强　王改正　王德虎
　　　　　　刘庆霖　吕梁松　李一信　李文朝
　　　　　　李树喜　陈文玲　张桂兴　范诗银
　　　　　　欧阳鹤　杨金亭　林　峰　罗　辉
　　　　　　周兴俊　周笃文　宣奉华　赵永生
　　　　　　赵京战　钱志熙　晨　崧　梁　东
　　　　　　雍文华

主　　任：范诗银

副 主 任：林　峰　刘庆霖

执行主编：吕梁松　王　强　李伟成

秘　　书：李葆国

郑伯农简介

郑伯农，1937年生，福建长乐人。1951年进入中央音乐学院附属中学，1962年毕业于中央音乐学院音乐学系。历任中央音乐学院教师、中央戏剧学院兼职教师，文化部政策研究室干部，中国文联研究室理论组组长、研究室负责人，《文艺理论与批评》常务副主编，中国作家协会党组成员、《文艺报》总编辑，中国作家协会全国委员会委员、名誉委员，中国社会主义文艺学会会长、名誉会长，中华诗词学会常务副会长、代会长、名誉会长，《中华诗词》主编。1958年开始发表文章，部分作品被翻译到国外。著有《郑伯农文选》四卷（含文论，诗词，诗论）等。曾做过"五个一工程"奖、国家图书奖、茅盾文学奖、鲁迅文学奖、电视剧"飞天奖"、电视文艺"星光奖"、华夏诗词奖、刘征青年诗人奖等全国性文艺奖项评委及国家社会科学基金评审委员会成员。

总　　序

　　我们这个诗歌大国有一个很好的传统，历来注重"采诗"、搜集整理诗歌材料。作为唯一的全国性诗词组织的中华诗词学会，自1987年5月成立以来，就十分重视这项工作。学会每年的学术研讨会和历届"华夏诗词奖"，都出版论文集和获奖作品集。纪念学会成立二十年、三十年时，还专门编辑出版了《大事记》《论文选集》《诗词选集》。《中华诗词》创刊以来，每年都制作年度合订本。2007年5月，在北京天识东方文化艺术传播有限公司的资助下，以近代以来诗词创作、诗词理论、诗词运动重要文献汇编，当代名家个人作品专集等为主要内容，出版了《中华诗词文库》。经过十来年的编辑整理，已经出了近百卷。这些诗集、文集的出版，记录了近百年来尤其是改革开放四十多年来，中华诗词从起步、复苏走向复兴的砥砺前行的历程，为近、当代诗歌史的撰写准备了丰富的资料。

　　党的十八大以来，中华民族优秀传统文化重新受到应有的重视。习近平总书记《念奴娇·追思焦裕禄》词和《军民情》七律的相继发表，引领中华大地诗潮滚滚而来。《中共中央关于繁荣发展社会主义文艺的意见》和中办、国办《关于实施中华优秀传统文化传承发展工程的意见》，都明确提出"加强对中华诗词、音乐舞蹈、书法绘画、曲艺杂技和历史文化纪录片、动画片、出版物等的扶持。"国家教育部组织制定

由中华诗词学会起草的新中国语言体系中的新韵书《中华通韵》已经通过国家语言文字工作委员会语言文字规范标准审定委员会审定，即将颁布全国试行。这些都使我们真切地感受到，中华诗词的春天真的到来了。诗人们乘着骀荡春风，正以高昂的激情，书写着中华民族伟大复兴的新时代、新史诗，国家富强、民族振兴、人民幸福的中国梦；正以与人民同呼吸、共命运的诗人之心，对人民的欢乐、人民的忧患、人民的情怀给以诗意的表达；正以"美"或"刺"的诗人之笔，对市场经济大潮中人民对幸福生活的期待，对美好未来的希望，对假丑恶的深恶痛绝，或给以方向，或给以赞美，或给以鞭挞。正如习近平总书记所指出的："好的文艺作品就应该像蓝天上的阳光、春季里的清风一样，能够启迪思想、温润心灵、陶冶人生，能够扫除颓废萎靡之风。"

当前，传统诗词创作者和诗词爱好者队伍发展迅速，已超过三百万。每天创作的诗词作品超过唐诗、宋词、元曲的总和。诗词评论研究队伍也成长很快，诗词评论、诗词学、诗词创作理论研究成果丰硕。如何从浩如烟海的诗词作品中"淘"出优秀作品，并使之存下来、传下去，如何使诗词研究理论成果"面世"并发挥应有的指导作用，确实是摆在我们面前的无可回避的一个重要课题。中华诗词学会是一个没有国家编制，没有国家拨款的社会团体，事业的运转主要靠社会赞助和会员费支撑。俊识（北京）文化传媒有限公司总经理吕梁松、北京采薇阁总经理王强，两位一直是对中华传统文化情有独钟的热心人，慷慨解囊，愿意同中华诗词学会一起，搜集整理编辑推出《中华诗词存稿》这套书，共同为中华诗词文化的继承和发展，做成这件十分有意义的事情。

《中华诗词存稿》主要搜集整理出版三部分内容的资料：一是当代诗词名家的个人作品集；二是当代诗词评论家、诗词学者的学术著作集；三是当代诗词作品、诗词理论学术成果阶段性、专题性、地域性的集成类作品集。诗词作品强调精品意识，沙里淘金，把"有筋骨、有道德、有温度"的优秀诗词作品搜集起来。诗词评论、研究类资料强调理论性和创新性，应具有鲜明的个性特点，具有创建性的见解。集成类的资料应有一定的史料保存价值。总之，做成一套具有当代价值和历史意义的好书。在此，我们编委会人员，向提供资料、筛选编辑、版面设计、校对勘误，包括所有为这套资料付出辛勤劳动的同志们，表示真诚的谢意！

郑欣淼

二〇一九年七月于北京

代前言

  我小的时候，和一般的孩子一样，读过《唐诗三百首》《千家诗》中的若干篇章。不过，绝没有显露出在文学和诗歌方面有什么才华。我的第一兴趣是音乐。1951年，考上了中央音乐学院附属中学，圆了我的音乐梦。六年附中，五年本科，毕业后留校任教。从1951年到1976年，我在中央音乐学院学习、工作了整整25年。可以说，我的青春年华，我的上半辈子，是在盈耳乐声中度过的。音乐和诗歌是很亲近的姐妹艺术。中国的传统诗歌，几乎都能入乐。古代留下来的曲谱极少。从诗歌、唱本、戏曲中寻求古代音乐的发展轨迹，是音乐史研究的重要途径之一。从中学后期开始，我养成了背诵民歌的习惯，每星期都要背几首，穿插着也背诵一些古典诗词和戏曲、曲艺的段子。通过背诵，引起我对古典诗词的浓厚兴趣。

  十年"文革"中，有一半的时间是在"牛棚"度过的。和家人、朋友失去联系，加上心情郁闷，于是就想起了写诗。当然，不是写在纸上，而是在心中默诵，否则吃罪不起。特别是逢到节假日，"革命群众"都可以回家和亲人团聚，而我这样的"牛鬼蛇神"，则必须在"牛棚"中继续反思自己的"罪行"。这个时候，我常常默诵古典诗词，也琢磨着写几句诗，以排遣心中的忧愤和郁闷。由于当时都没有记在纸上，后来大部分忘却了。打倒"四人帮"后，我被调到文化部政策研究室，做拨乱反正的工作。后来，陆续在中国文联和中国作协供职。工作节奏相当紧张，十几年的时间里，从来没有动过写诗的念头。和旧体诗结缘是很偶然的。1993年，中国作协派一个代表团赴越南访问，同行的有两位诗人，而越南又是盛行诗歌的国度。因此，每到一个地方，难免要搞些唱酬活动。在同团诗友的鼓励下，我这只旱鸭子也下水游了几次。回国后，发表了几首访越小诗。没想到诗坛泰斗臧克家看到后，给我写了封热情洋溢的信，还帮我修改了个别词句。他建议我一方面继续写理论批评文章，一方面下点功夫写格律诗。臧老的信给了我极大的鼓励。此后，每有所感，就琢磨着写点东西。把习作寄臧老，他总是不厌其烦地给我回信，给我指点。我之所以走进格律诗的丛林，同臧老的鼓励与鞭策是分不开的。臧老已九十有七，想起他，我的脑子中就会浮现出孟郊的诗句：谁言寸草心，报得三春晖。

　　旧体诗应该怎么发展，怎么写？作为理论批评工作者，我写过少量关于旧体诗词的文章。作为诗词写作者，我在动笔的时候从来不考虑什么理论问题。兴之所至，情之所动，写下来就是。开会、看稿子、写文章，已经很累了。写诗的时候，还要把脑子搞得那么紧张，不是累上加累吗？得句之后，当然还要推敲，这多半是在茶余饭后，散步之中，入眠之前进行。我从未伏案苦吟。我把写格律诗当作一种业余活动、一种休息、一种生活的调剂。琢磨诗句，就像琢磨棋谱，虽然也要挖空心思，但动脑子的时候有说不出的轻松，说不出的乐趣。据说，马克思在紧张工作之后，常常用做数学习题来换换脑筋。我想，写诗总不会比做数学习题更枯燥吧！

　　对于诗词格律，我既努力遵从，也有越雷池之举。当诗情和格律发生矛盾又难以克服的时候，我宁可委屈后者，决不牺牲前者。就像赛球一样，大家都必须遵守竞赛规则，否则就乱了套，但也允许运动员偶尔犯规。像马拉多纳、罗纳尔多这样的大牌球星都有犯规的时候，我这样的庸常之辈为什么就不能越雷池一步？诗友可以看到，我这里有"越位"，有"出线"。是否还有更严重的"犯规动作"，必须"红牌罚下"，那就请读者去评判吧！

2002 年 8 月

（摘自《赠友人》后记）

目 录

总　序 …………………………………………… 郑欣淼 1
代前言 …………………………………………………… 1

诗词

清风店杂咏 ………………………………………………… 3
致远去的朋友 ……………………………………………… 4
闻深圳股票风波有感 ……………………………………… 4
悼王老 ……………………………………………………… 4
答友人 ……………………………………………………… 5
呈老前辈 …………………………………………………… 5
附：刘润为诗 ……………………………………………… 6
和伯农同志 ………………………………………………… 6
访越诗抄 …………………………………………………… 7
　　看水上木偶戏 ………………………………………… 7
　　听越南摇篮曲 ………………………………………… 7
听独弦琴奏《西游记》主题歌 …………………………… 7
过古芝县"无人区" ……………………………………… 8
访胡志明故居 ……………………………………………… 8
附：贾漫诗 ………………………………………………… 9

访越赠郑伯农 ··· 9
戏为六绝句 ··· 9
赠肖玚 ··· 11
读解青林《风雨五十载》 ·· 11
登抱犊寨 ·· 12
抱犊寨观日 ·· 12
过韩信祠（三首） ·· 12
赠易仁寰 ·· 13
锦州小聚赠万武、润为 ·· 14
寄张步真 ·· 14
过杜甫草堂 ·· 15
谒武侯祠 ·· 15
水调歌头·寄贾漫 ·· 15
附：贾漫词 ·· 16
念奴娇·答伯农 ·· 16
读《心灵的历程》 ·· 16
听文讲所老同志座谈 ·· 17
游蓟县过安禄山屯兵处 ·· 17
贺欧阳山同志从事创作七十一周年 ·· 18
闻瓦文萨回老家（二首） ·· 18
虞美人·有感于公款吃喝 ·· 19
清平乐·有感于赌博风 ·· 19
咏竹 ·· 20
附：刘章诗 ·· 20
咏竹 ·· 20
咏物（五首） ·· 21

  小草 …………………………………………………… 21

  春光 …………………………………………………… 21

  茶 ……………………………………………………… 21

  泥土 …………………………………………………… 21

  流沙 …………………………………………………… 22

赠清子 …………………………………………………………… 22

寄吴奔星同志 …………………………………………………… 22

寄张锲 …………………………………………………………… 23

过本溪太子河 …………………………………………………… 23

过生日谢友人 …………………………………………………… 24

丁丑春节呈臧老 ………………………………………………… 24

送唐因（三首） ………………………………………………… 24

逛书摊 …………………………………………………………… 25

悼林涵表 ………………………………………………………… 26

浣溪沙·读《兼堂韵语》呈廖老 …………………………… 26

附：廖辅叔词 …………………………………………………… 27

浣溪沙 …………………………………………………………… 27

登山海关老龙头 ………………………………………………… 27

浣溪沙·赴张家港诗会参观苏南乡镇有感 ………………… 28

苏南好（三首） ………………………………………………… 28

望海潮·哭别程代熙同志 …………………………………… 29

破阵子·银婚赠妻 …………………………………………… 29

观《开国领袖毛泽东》寄学友王朝柱 ……………………… 30

游安县白水湖 …………………………………………………… 30

访沙汀故居 ……………………………………………………… 31

贺魏巍从事创作六十周年 ……………………………………… 31

杂诗（三首）··················· 32
登大沽口炮台··················· 33
闽西行（四首）··················· 33
 水调歌头··················· 33
 连城冠豸山··················· 33
 浣溪沙·过长汀吊先烈瞿秋白······· 34
 登鼓浪屿日光岩················ 34
重上西柏坡（三首）··············· 34
鲁南行三首·浣溪沙··············· 35
 咏石榴··················· 35
 青檀赞··················· 35
苏共亡党十周年（四首）············ 36
满江红··················· 37
哀草民··················· 37
破阵子·悼吕骥老院长············· 38
锦州小驻感怀··················· 38
贺"红豆·相思节"诗词大赛·········· 39
赠北戴河创作之家··············· 39
惊闻朱洪英年早逝··············· 40
送别张僖同志··················· 40
咏物（五首）··················· 41
 螃蟹··················· 41
 龟··················· 41
 蝴蝶··················· 41
 牛··················· 41
 蚂蚁··················· 42

元宵节感怀……………………………………42

踏莎行·望西亚………………………………42

煮豆歌·呈刘征老夫子………………………43

附：刘征诗

自嘲二首寄伯农同志（二首）……………43

寻谪仙…………………………………………44

浪淘沙·抗"非典"……………………………45

水调歌头·对"非典"的反思…………………45

夏夜观天………………………………………46

洪湖听荷………………………………………46

赠洪湖诗社吟友………………………………46

赠秋枫…………………………………………47

游长白山天池和刘章…………………………47

虞美人·登天池………………………………47

踏莎行·别马烽………………………………48

踏莎行·悼臧克家老诗翁（二首）…………48

满江红·读《国家干部》寄张平……………49

登张家界黄石寨………………………………49

过石门夹山寺…………………………………50

附：贾漫诗……………………………………50

读《过石门夹山寺》寄伯农…………………50

纪念丁玲百年诞辰……………………………51

登代县边靖楼…………………………………51

望海潮·五台山观光…………………………52

湘鄂行（二首）………………………………52

  登南岳………………………………………52

监利会诗友……………………………………………53
白洋淀放歌…………………………………………………53
月饼…………………………………………………………54
和园雅集……………………………………………………54
　附：胡振民诗………………………………………………55
　　和伯农先生《和园雅集》……………………………55
　附：杨金亭诗………………………………………………55
　　和园雅集步韵奉和郑伯农同志………………………55
延庆赴会……………………………………………………55
游延庆古崖居………………………………………………56
杂诗（二首）………………………………………………56
过昭君墓（二首）…………………………………………57
贺营口诗词学会成立二十周年……………………………57
迎宾曲（二首）……………………………………………58
二〇〇七新年呈袁老………………………………………58
闻封笔遥寄王火兄…………………………………………59
故宫初逢酬欣淼同志………………………………………59
祭叶利钦（二首）…………………………………………60
访孙诒让故居………………………………………………60
过戚继光鏖兵处（二首）…………………………………61
浣溪沙·共庆《讲话》发表六十五周年…………………61
登望海楼……………………………………………………62
江城子·老同学聚会………………………………………63
赠刘章………………………………………………………63
玉溪行五首·聂耳九十五周年祭（二首）………………64
聂耳音乐广场………………………………………………64

虞美人·望抚仙…………………………………………64
界鱼石……………………………………………………65
寄郑邦利…………………………………………………65
大国攻占伊拉克四周年…………………………………66
岳阳楼（三首）…………………………………………66
南湖远眺…………………………………………………67
期盼………………………………………………………67
马鞍山诗歌节二周年……………………………………68
赏淮安"古韵新淮"文艺晚会…………………………68
读博里农民诗……………………………………………68
浣溪沙·寄何国瑞同志…………………………………69
人生七十…………………………………………………69
九曲排工…………………………………………………70
浣溪沙·参观柳永纪念馆………………………………70
踏莎行·观诗有感………………………………………70
拜年………………………………………………………71
读《元宵漫感》呈刘征老………………………………71
附：刘征诗………………………………………………71
元宵漫感…………………………………………………71
听荧屏点评大观楼长联有感……………………………72
踏莎行·赞唐山十三义士………………………………72
天净沙·山中访杏………………………………………73
棋盘山访杏遇雪（新声韵）……………………………73
王震赞（五首）…………………………………………74
浣溪沙·惊闻汶川大地震（二首）……………………77
踏莎行·重建家园………………………………………77

浣溪沙·烈火中的凤凰······78
    一、蒋敏······78
    二、邹雯······78
    三、成都出租车司机······79
    四、伞兵天降······79
闻卡拉季奇被抓获（二首）······80
浣溪沙·寄晏西征先生······81
惊见龙游石窟······81
龙游诗会听侯孝琼教授吟唱李煜《破阵子》······82
访南社诞生地······82
重访寒山寺······82
天净沙·过吴江垂虹桥（三首）······83
踏莎行·悼念孙轶青会长······84
闻西方金融危机（三首）······84
纪念渡江战役胜利六十周年（三首）······85
登西安大雁塔（二首）······86
题平谷文昌塔······86
寄新疆诗友（三首）······87
如梦令·送君赴挪威领诺贝尔和平奖······88
浣溪沙·长汀吊瞿秋白烈士······88
瞻仰瞿秋白塑像······88
梅花山观虎······89
赠台湾诗词家代表团林恭祖团长······89
虎年春节寄林锡彬暨鹏城诗友······89
读和诗寄兆焕兄······90
参观澳门妈祖阁······90

游利川腾龙洞（二首）……91
江城子·重访恩施……91
来凤诗会……92
谢刘云山同志致"三代会"贺诗……92
"三代会"闭幕呈马凯、忠秀同志（二首）……93
江城子·游平谷将军关……93
离湘寄蔡世平……94
榆林游……94
仰望星空……94
如梦令·雁荡山抒怀……95
鹅卵石……95
连续地震后的沉思（三首）……95
南歌子·迎重阳……96
读新作二十首呈刘征老……96
听杨叔子院士讲话有感（二首）……97
学诗呈文怀沙老师……97
参加贵州梵净山诗词大赛评奖感言……98
兔年说兔（三首）……98
读报有感……99
附：亦思诗……99
和伯农同志《读报有感》……99
骆宾王墓……100
富春江咏怀……100
 严光……100
 孙权……100
 黄公望……100

郁达夫 …………………………………………………… 101
闻基地组织头目拉登命断巴基斯坦 ………………………… 101
南湖船（二首）……………………………………………… 101
出河店古战场 ………………………………………………… 102
悼念尚云同志 ………………………………………………… 103
惊见曹妃甸 …………………………………………………… 103
唐山采风吊先烈李大钊 ……………………………………… 104
踏莎行·金湖感怀 …………………………………………… 104
访荷遇鹅 ……………………………………………………… 104
冼星海（二首）……………………………………………… 105
中秋无月 ……………………………………………………… 105
江畔逢尹贤老先生 …………………………………………… 106
纪念马尾船政有思（三首）………………………………… 106
别柯岩 ………………………………………………………… 107
浣溪沙·记地安门小聚 ……………………………………… 107
浪淘沙·三月扬州 …………………………………………… 108
瓜州新景 ……………………………………………………… 108
广陵潮 ………………………………………………………… 108
重登恭王府（三首）………………………………………… 109
咏牡丹 ………………………………………………………… 109
纪念《讲话》发表70周年 ………………………………… 110
深圳小聚 ……………………………………………………… 110
登山有感（二首）…………………………………………… 111
鹧鸪天·喜看神九发射 ……………………………………… 111
参观陈永贵墓 ………………………………………………… 112
浪淘沙·京城暴雨 …………………………………………… 112

伦敦打油诗（四首）	113
如梦令·国际闹剧三部曲	114
浣溪沙·洪泽湖畔看陈毅诗碑	114
浣溪沙·游老子山	115
猫鼠同欢	115
破阵子·神驰张家界	115
虞美人·金鞭溪漫步	116
炎陵吊革命烈士	116
端午怀屈原	116
赞神农	116
闻日本首相安倍晋三鼓噪修宪	117
街头偶感	117
清平乐·中秋望月	117
赴黄岛过跨海大桥	118
贺林峰诗翁八十华诞	118
恭王府忆前贤	118
安波	118
马可	119
郭汉城	119
赠梁松	120
病愈谢亲朋好友	120
临江仙·又到延安	120
新陋室铭	121
哀布朗	121
闻美国无人机屡炸平民	122
送别邓力群同志	122

读抗战烈士家书···122
寄岭南诗友···123
病中迎接诗词学会四代会·····································123
送别同吾··123
采桑子·重阳聚会··124
白岩山神游···124
赋"海棠雅集"（新声韵）····································125
吊屈原···125
贺《诗刊》创刊六十周年······································125
接年历大喜寄玉明院士··126
附：王玉明诗···126
次韵答谢伯农兄赠诗···126
寿诞呈欧阳老···126
看《人民的名义》··127
听新闻有感···127
　　如梦令（二首）··127
水调歌头·咏十九大···128
绝句（三首）···129
观特朗普挥舞"制裁"大棒·····································130
贺《中华辞赋》创刊五周年···································130
悼念非光··130
龙之歌···131

楹联

吊乐圣瞎子阿炳ⵈⵈⵈⵈⵈⵈⵈⵈⵈⵈⵈⵈⵈⵈⵈⵈⵈ 135

题赠西北青年学子ⵈⵈⵈⵈⵈⵈⵈⵈⵈⵈⵈⵈⵈⵈⵈⵈ 135

贺冯德英文学馆落成ⵈⵈⵈⵈⵈⵈⵈⵈⵈⵈⵈⵈⵈⵈⵈ 135

题赠深圳荔园诗社ⵈⵈⵈⵈⵈⵈⵈⵈⵈⵈⵈⵈⵈⵈⵈⵈ 136

小小火锅店ⵈⵈⵈⵈⵈⵈⵈⵈⵈⵈⵈⵈⵈⵈⵈⵈⵈⵈⵈⵈⵈ 136

吊文坛先辈冯雪峰ⵈⵈⵈⵈⵈⵈⵈⵈⵈⵈⵈⵈⵈⵈⵈⵈ 136

吊骆宾王ⵈⵈⵈⵈⵈⵈⵈⵈⵈⵈⵈⵈⵈⵈⵈⵈⵈⵈⵈⵈⵈⵈ 137

贺杨金亭同志八十华诞ⵈⵈⵈⵈⵈⵈⵈⵈⵈⵈⵈⵈⵈ 137

悼念诗友曹继万ⵈⵈⵈⵈⵈⵈⵈⵈⵈⵈⵈⵈⵈⵈⵈⵈⵈ 137

贺嘉兴市编辑出版《南湖之韵》ⵈⵈⵈⵈⵈⵈⵈ 138

敬之同志八十七华诞ⵈⵈⵈⵈⵈⵈⵈⵈⵈⵈⵈⵈⵈⵈⵈ 138

贺梁东老夫子八十华诞ⵈⵈⵈⵈⵈⵈⵈⵈⵈⵈⵈⵈⵈ 138

瞻仰瞎子阿炳塑像ⵈⵈⵈⵈⵈⵈⵈⵈⵈⵈⵈⵈⵈⵈⵈⵈ 139

访聋哑人学校ⵈⵈⵈⵈⵈⵈⵈⵈⵈⵈⵈⵈⵈⵈⵈⵈⵈⵈⵈ 139

送别贾漫大哥（二首）ⵈⵈⵈⵈⵈⵈⵈⵈⵈⵈⵈⵈⵈ 139

沉痛悼念张结老主编ⵈⵈⵈⵈⵈⵈⵈⵈⵈⵈⵈⵈⵈⵈⵈ 140

贺邹积慧先生《北国吟草》出版ⵈⵈⵈⵈⵈⵈⵈ 140

送别张锲老大哥ⵈⵈⵈⵈⵈⵈⵈⵈⵈⵈⵈⵈⵈⵈⵈⵈⵈ 141

挽宁夏秦中吟会长ⵈⵈⵈⵈⵈⵈⵈⵈⵈⵈⵈⵈⵈⵈⵈⵈ 141

贺陈文玲同志新著出版ⵈⵈⵈⵈⵈⵈⵈⵈⵈⵈⵈⵈⵈ 141

龙游胜景（五首）ⵈⵈⵈⵈⵈⵈⵈⵈⵈⵈⵈⵈⵈⵈⵈⵈ 142

贺《爱国诗僧八指头陀》出版ⵈⵈⵈⵈⵈⵈⵈⵈⵈ 143

贺《罗洋雅集》出版ⵈⵈⵈⵈⵈⵈⵈⵈⵈⵈⵈⵈⵈⵈⵈ 143

题怀柔诗会ⵈⵈⵈⵈⵈⵈⵈⵈⵈⵈⵈⵈⵈⵈⵈⵈⵈⵈⵈⵈⵈ 144

贺玛拉沁夫同志八十八大寿ⵈⵈⵈⵈⵈⵈⵈⵈⵈⵈ 144

贺福建诗词学会成立三十周年……………………………… 144

新诗

大规模杀伤性武器，你藏在哪里……………………… 147
闽江颂……………………………………………………… 149
附录：诗词问题访谈录…………………………………… 150

诗词

清风店杂咏①

久戴南冠已忘羞，斗批呵斥度春秋。
愁眉频对千夫吼②，俯首皆为同案牛③。
梦里低垂游子泪，报端顿失彼人头④。
悠悠岁月何时尽，不信江河永倒流。

一九七一年十月哼就
一九七九年十二月追记
二〇一二年十二月改定

【注】

① 清风店：河北省保定地区的一个古镇。一九七一年春，根据上级安排，中央音乐学院师生员工下放此地，住进军营，进行军训，参加农业劳动，继续完成"斗批改"。
② 千夫吼：在军管会的安排下，中央音乐学院召开批斗我的师生员工大会，近千人齐喊"砸烂郑家店，打倒郑伯农"等口号。
③ 同案牛：在台上陪斗的"牛鬼蛇神"。
④ 彼人头：林彪头像。

致远去的朋友

风雨同舟安敢忘,十年携手久铭肠。
解差送客别离急,倩影牵魂生死茫。
头破血流心未冷,鱼沉雁渺梦犹长。
天涯何处存知己,我盼归鸿痴倚窗。

一九七三年四月

闻深圳股票风波有感

银台风雨起苍黄,百万股民奔海疆。
虎斗龙争今胜昔,气粗财大慨而慷。
速将熊票换牛票,为饱私囊解国囊。
天若有情天亦恼,人间欲火正茫茫。

一九九二年八月

悼王老

悲思有尽痛无涯,哀乐沉沉传万家。
寰宇如今风雨骤,谁人为国靖胡沙。

一九九三年三月

答友人

文坛处处说风流,一纸新闻传九州。
谁解痴心蓬垢女,至今不肯上青楼。

一九九三年三月

【注】

　　报载,郑伯农、杨子敏等当了公司老板。朋友闻讯,都觉新奇,纷纷打电话询问。其实,"小姑居处本无郎"。乃作此诗,以谢亲朋。

呈老前辈

嘱咐叮咛一席言,才疏性弩愧前贤。
不为嶙峋惜马力,岂因祸福避狼烟。
精卫有心填苦海,女娲无石补苍天。
夜阑云际传鼙鼓,思绪浩茫难入眠。

一九九三年五月

附：刘润为诗

和伯农同志

去年12月28日，伯农同志以诗二首相赠。拜读再三，感慨系之，因步其《呈老前辈》之韵奉和。

贝叶诗香肺腑言，今时却信有先贤。
羞为柳絮凭风力，敢作荆薪助紫烟。
高卧涸辙观翰海，轻吟骤雨待晴天。
和君烛下歌一曲，夜起西风亦入眠。

【注】

刘润为，文艺评论家。曾任《求是》杂志副总编辑，现为中国红色文艺研究会会长。著有《文心与文变》《当代思潮论集》等。

访越诗抄

1993年秋，率中国作家代表团访问越南。同行的刘章、贾漫都是诗人。越南朋友很喜爱诗歌，许多人会背诵唐诗宋词。据介绍，越南作家协会有一半以上的会员是诗人。这里的五首是访越期间的唱和之作。

看水上木偶戏

谁遣梨园下碧波，半江秋水一台歌。
今宵绝响闻河内，方悟天涯芳草多。

听越南摇篮曲

华堂鼓乐喜相迎，一阕摇篮四座惊。
此曲只应山野有，红尘能得几回听。

听独弦琴奏《西游记》主题歌

轻揉慢拢送乡音，一缕琴丝万里心。
曲罢犹闻余韵在，天涯游子尽沉吟。

过古芝县"无人区"

风吹雨打坑犹在，斗转星移泪未干。
山姆文明夸宇内，人权唱处血斑斑。

【注】

1993年10月27日，参观古芝县地道。古芝离胡志明市不到100公里，当年南方游击队曾活跃于此。为消灭革命力量，美军在此实行地毯式轰炸，把人畜草木一扫而光，至今犹是遍地弹坑。和越南诗人远方等抚今追昔，谈论美国式人权，大家有许多共识。

访胡志明故居

芳草萋萋高脚楼，游人到此久凝眸。
一生戎马驱强虏，两袖清风到白头。
斗室无华藏浩气，遗辉千古耀高丘。
人民公仆今何在，烟雨蒙蒙笼九州。

一九九三年十月

【注】

1993年10月21日参观胡志明故居，越南朋友称此处为高脚楼。楼下一间会议厅，楼上卧室、工作室各一间。两室一厅，这就是一位国家元首生活、办公的全部用房。一切按照胡志明生前原样布置，简朴得令人难以思议。工作室中除了办公桌、书架，唯一的奢侈品就是一台饼干盒大小的老式收音机，是泰国华侨送给胡志明的礼物。睹物思主人风范，代表团全体成员感慨不已。

附：贾漫诗

访越赠郑伯农

解去双周伏案劳，伯农得意入云霄。
七星斗转和平路，五子情牵友谊潮。
连日座谈诗兴涌，深宵棋战阵云高。
"成功后代"多奇勇，赤膊争雄意气骄。

【注】

贾漫（1933—2012年），诗人、文艺评论家，曾任内蒙古自治区作协副主席，内蒙古自治区诗词学会副会长。

戏为六绝句

（一）

一自金鸡唱孔方，千家万户弄潮忙。
热风吹得寒儒醉，直把文房当票房。

（二）

十年书案守贫穷，一席狂言天下红。
莫道文章千古事，儒生衮衮学登龙。

(三)

李杜苏辛且靠边，郭茅巴老不新鲜。
江山代有狂人出，各领风骚三五天。

(四)

儒林张榜募贤良，墨客骚人来四方。
虎啸龙吟谁脱颖，考官乃是状元郎。

(五)

窃玉偷香床上功，春情抒罢画春宫。
文章道德今何在，书海狂吹靡靡风。

(六)

杀妻自缢是诗星，血迹凭添显赫名。
人命关天谁管得，满城风雨祭幽灵。

一九九四年三月

赠肖玚

燕赵有文友，耕耘在太行。
拳心映日月，铁笔写沧桑。
艺海风潮急，故人情义长。
何时重聚会，执手看春光。

一九九四年三月

【注】

肖玚，河北籍作家，曾任石家庄市文联副主席。著有报告文学《千日巨变》、电影《新中国第一大案》、电视连续剧《太行七贤》等。

读解青林《风雨五十载》

十年辛苦不寻常，燕赵豪情笔底扬。
文海弄潮波浪阔，几人为国诉衷肠。

一九九四年三月

【注】

解青林，革命老干部，石家庄市政协副主席。退居二线后，在病床写就百万字长篇小说《风雨五十载》，共三部。1994年3月，石家庄市文联等单位在河北省获鹿县为其召开作品研讨会。我应邀赴会，有幸结识解老。

登抱犊寨

天南海北比肩来，抱犊寨门今日开。
楚汉烟尘何处觅。龙吟虎啸俱文才。

一九九四年四月

【注】
　　抱犊寨，位于太行山东麓、河北省获鹿县境内，距石家庄不到20公里。山势陡峭，韩信祠建于山顶。两千多年前，汉将韩信攻赵，曾在此安营扎寨。

抱犊寨观日

苍山拔起太行东，树木萧森接浩空。
路转峰回幽径绝，石门开处一轮红。

一九九四年四月

过韩信祠（三首）

（一）

扫平南北建奇功，为报君王拒蒯通。
汉帅何曾窥汉室，蒙冤千古亦英雄。

（二）

功狗功臣随意呼，普天俱是汉家奴。
才高性傲招横祸，鹿死尘销将帅诛。

（三）

刘郎返沛赋诗章，高叹无人守四方。
猛士头颅亲手割，安能转世护家邦。

一九九四年四月

赠易仁寰

金曲银歌映酒红，诗坛处处说朦胧。
关东犹有壮夫在，一掬拳心唱大风。

一九九四年五月

【注】

易仁寰（1936—2008年），北国诗人，曾任锦州市文联主席、中共锦州市委统战部部长，著有诗集《风雨兼程》等。其诗以雄浑、洗炼、富于哲理性而为人所称道。1994年5月，《诗刊》、锦州市文联等单位联合为其召开作品研讨会。笔者应邀赴会，即席赋就此篇。

锦州小聚赠万武、润为

湖海颠簸几度逢,新知旧雨话萍踪。
流年似水催华发,方士如云鼓热风。
忍看枭蚁溃长穴,遥听惊雷起浩空。
今夜登车挥手去,京城依样酒香浓。

一九九四年五月

【注】

李万武,当代文艺评论家。辽宁省文艺理论家协会顾问,著有《为文学寻找家园》《审美与功利的纠缠》《为文学讨辩道理》《散文档案》等。

寄张步真

南国张夫子,耕耘大泽旁。
心连桑梓地,魂系汨罗江。
浓墨铸忠骨,清歌唱水乡。
我来茶一盏,促膝话沧桑。

一九九四年十月

【注】

张步真,散文家、报告文学家。韶山人氏,久居岳阳。曾任湖南省文联副主席、岳阳市文联主席。笔耕三十余年,其报告文学《魂系青山》风靡全国,新作《红墙里的桑梓情——毛泽东的故乡情结》获多方好评。

过杜甫草堂

千里寻芳结伴来，秋风依旧草堂开。
杜君遗韵今何在，商贾满园争发财。

一九九四年十一月

谒武侯祠

大梦何时觉，先生沉睡迟。
出师犹未捷，奋起再擎旗。

一九九四年十一月

水调歌头·寄贾漫

不见贾生久，几度接飞鸿。迢迢千里情系，问我欲何从。自是才疏性弩，不省追潮逐浪，惟识水流东。秃笔对明月，白眼看鸡虫。　　先驱血，苍生泪，故园风。悠悠往事，点点滴滴记心中。忍睹金迷纸醉，难耐蚍蜉撼树，毁业太汹汹。漫道征途渺，赫日在长空。

一九九五年四月

附：贾漫词

念奴娇·答伯农

霜钟敲彻，碧云天，唤起八方英物。万里长城摩紫塞，肝胆回音如壁。挽臂青山，牵肠黄水，昂首昆仑雪。苍茫元气，向来汹涌豪杰。　　尘海风雨飞帘，阴晴张驰，劲草年年发。永夜低眉凝望眼，叹尽星辰明灭。孤剑床头，史书卷尾，情系千钧发。良宵不寐，送君一片胡月。

读《心灵的历程》

金戈铁马铸华章，一曲狂飙传四方。
掩卷犹闻风雨急，几多文友泪沾裳。

一九九五年五月

【注】

《心灵的历程》是作家刘白羽的晚年巨著。作者说。这是他最看重的一部作品。本书叙述了作为革命家、文学家的刘白羽一生的奋斗历程以及他对文学、人生的感悟。评论界认为这部书既有报告文学的翔实，又有史诗的恢宏，是当代文学创作的重要成果。

听文讲所老同志座谈

风吹雨打铁铮铮,老凤雄于雏凤声。
休说流年催白发,再将热血铸长城。

一九九五年八月

【注】
1995年8月25日,文讲所一、二、三期学员聚会京西文采阁。这是时隔四十余年后的一次团聚,当年文坛新秀,而今满头白发。老同志们抚今追昔,共话沧桑。他们对国家命运的关切对社会主义文艺事业的高度责任感,使旁听会议的我辈深受感动。

游蓟县过安禄山屯兵处

当年此地传鼙鼓,半壁江山化粪土。
莫道烽烟不可寻,至今犹盛胡旋舞。

一九九五年九月

【注】
《新唐书》载,安禄山作胡旋舞帝前,乃疾如风。帝视其腹曰:胡腹中何有而大?答曰:唯赤心耳。

贺欧阳山同志从事创作七十一周年

连绵风雨记征程,道德文章照后生。
漫说夕阳追逝水,期颐一啸铁铮铮。

一九九五年十二月

闻瓦文萨回老家(二首)

(一)

呼风唤雨着先鞭,盖地铺天洒诺言。
一十四年星斗转,赢来怨气满人间。

(二)

彼岸深宫一线牵,狂潮送尔上青天。
无情岁月鉴真伪,风卷尘埃下夕烟。

一九九五年十二月

【注】
据外国通讯社报道,瓦文萨因在选举中败北,已于12月22日离开波兰总统府,回他的老家格但斯克。瓦氏回家后将接受税务机关的调查,他被指控逃避为其100万美元的收入纳税,税务机关还要求冻结瓦文萨的银行帐户。又有消息说,瓦的两个儿子都

曾酒后开车肇事，有关机关很有可能对其进行惩罚。自1981年当上团结工会主席，到1995年下台，前后十四年，来也匆匆，去也匆匆。这段历史插曲很值得玩味。

虞美人·有感于公款吃喝

山珍海味何时了，豪宴知多少。小楼昨夜又接风，公仆轻歌曼舞酒香中。　　党规国法应犹在，只是威严改。问君能载几多愁，忍看民脂汩汩付东流。

一九九六年二月

清平乐·有感于赌博风

华灯初灿，牌客又开战。不掷千金非好汉，屈指输赢过万。　　有权公款填充，无权家破业空。何日天公抖擞，重开朗朗世风。

一九九六年二月

咏竹

——答刘章

痴立高山不胜寒,还期扎筏下沙滩。
身随春水东流去,湖海江河闯一番。

一九九六年四月

附:刘章诗

咏竹

——赠郑伯农

穿云破石立高山,风剑霜刀气凛然。
唯有松梅堪作友,唤回春色到人间。

【注】

刘章,著名诗人,曾任石家庄市文联主席,《诗刊》《中华诗词》编委。

咏物（五首）

小草

挺身蓬绿野，舍命饲牛羊。
生死作铺垫，赢来春意长。

春光

不待金钱换，无分贵贱家。
一腔光与热，款款洒天涯。

茶

怯枝羸蕾挂高山，雨打风吹叶未残。
羞入花丛争艳丽，惟留清苦在人间。

泥土

肌瘦面黄何足珍，蛰居寰宇一微尘。
谁知楼阁冲霄处，力托千钧是此身。

流沙

万击千磨铸此身,狂飚怒水送征人。
冥顽不识悠闲趣,颠沛奔波宵复晨。

一九九六年五月

赠清子

三十年前万炮轰,三十年后入诗丛。
凌霜傲雪花千树,追昔抚今茶一盅。
人世何须悲逝水,神州共待驭长风。
劫波历尽心碑在,继往开来看后生。

一九九六年七月

寄吴奔星同志

吴老国之老,诗文天下闻。
童心垂耄耋,壮志寄松云。
拍案鬼狐敛,挥毫泾渭分。
何时得聚会,聆教立程门。

一九九六年八月

【注】

吴奔星(1913—2004年),诗词家、学者。曾任中华诗词学会首任理事、江苏省作家协会顾问、江苏省鲁迅研究会会长。

寄张锲

君问归期应有期,文山会海久栖迟。
何当一拂浮尘去,共笑文山会海时。

一九九六年十月

【注】
张锲(1933—2014年),著名作家,曾任中国文联、中国作协副主席、中华诗词学会名誉会长、中华文学基金会总干事。著有报告文学《热流》、长篇小说《改革者》、诗歌《团结起来到明天》《生命进行曲》等。

过本溪太子河

秦王索命指燕丹,太子河边血浪翻。
爹献儿头攀霸主,难教弱国保平安。

一九九六年十月

【注】
太子河因燕太子丹丧命于此而得名。荆轲行刺失败后,秦国兴师伐燕,攻克蓟城。燕王喜与燕丹逃往辽东。为讨好秦国,燕王喜诱捕太子于河边,献其头于秦庭。但曲膝逢迎并没有挽救燕国的灭亡。

过生日谢友人

寒庐偏远锁重门,岂料更深迎故人。
玉树金糕催甲子,热茶淡水话风尘。
沉浮穷达鸿儒事,柴米油盐黔首心。
漫道青丝岁岁白,酽宵过后是清晨。

一九九六年十二月

丁丑春节呈臧老

又逢举国庆新春,病榻何期久卧身。
一代文章传浩气,百年风雨铸诗魂。
药当茶水驱寒意,心骛云天怀故人。
待到销冰融雪日,再随臧老觅花神。

一九九七年二月

送唐因(三首)

(一)

提笔从戎五十年,历经磨难志犹坚。
平生不识逢迎事,赢得残霞照暮天。

（二）

一世辛劳作嫁衣，孤灯长夜鬓毛稀。
花开谁念浇花汉，苦辣酸甜只自知。

（三）

金风瑟瑟送君行，壮志难酬可目瞑？
利禄功名全弃绝，黄泉路上一身轻。

一九九七年十月

【注】

我与唐因（1925—1997年）相识于1979年，算来已有18个寒暑。曾经同住一屋，同写一个文件。他大我一轮，是挚友，更是良师。10月6日，唐因仙逝。12日上午，举行与遗体告别仪式。八宝山归来，夜不能寐。呜呼，聚也匆匆，别也匆匆！谨献小诗三首，纪念这位革命老战士、文坛的默默耕耘者。

逛书摊

文海徜徉欲觅珠，何期满纸春宫图。
个中纵有颜如玉，从此秀才怕读书。

一九九七年十月

悼林涵表

涵表乘风去，倏然别故人。
连年蜷病榻，一纸寄诗魂。
耿耿董狐笔，殷殷赤子心。
自兹成永诀，梦里再逢君。

一九九七年十二月

【注】

　　林涵表（1929－1997年），文艺评论家、剧作家。解放初期从海外归国。曾任中国文联研究室研究员、中国文联出版公司副总编辑。九十年代初，涵表患疑难病症，回广东老家医疗。一别数年，互相牵挂。此诗作于接友人电话告知噩耗之后。

浣溪沙·读《兼堂韵语》呈廖老

　　常记京津凿壁光，程门立雪探书香。风狂雨骤走他乡。　　四十一年弹指过，抚今追昔读华章。满园桃李泪双行。

一九九八年六月

附：廖辅叔词

浣溪沙

接郑伯农令曲，意美调谐，喜极次韵。

长夜神州接曙光，当年曾醉百花香。清声雏凤有元方。　　劫运劈头临学府，书生失据剩周章。还经三载寄戎行。

【注】

廖辅叔（1907—2002年），著名学者、音乐史家、翻译家、诗词家，中央音乐学院教授。曾任中国音乐家协会理事、中国音乐史学会顾问，2001年获首届"金钟奖"。著有《中国古代音乐简史》、《肖友梅传》、《兼堂韵语》等。

登山海关老龙头

雄关险隘接危楼，莽莽长城镇海流。
万里烟波奔眼底，几尊礁石立潮头。
浪高方显水天阔，心静何惊风雨稠。
漫说汪洋空涨落，怒涛卷处有渔舟。

一九九八年六月

浣溪沙·赴张家港诗会参观苏南乡镇有感

谁遣诗朋过大江,听涛揽月品书香。主人煮酒索词章。　沧海桑田强国梦,琼楼玉宇富民乡。万家举目望朝阳。

一九九八年十二月

苏南好(三首)

(一)

苏南好,小镇春来早。亭台楼阁是农家,百里沙丘变绿岛。何处愁温饱。

(二)

苏南好,科技腾飞早。菜蔬无土钻天发,仪器横陈烟雾沓。愚公操电脑。

(三)

苏南好,热土润芳草。风雨难销公仆心,携孺扶老奔通道。南天扬大纛。

一九九八年十二月

望海潮·哭别程代熙同志

雄心未泯，蚕丝未尽，奈何撒手人寰。满腹经纶，一腔热血，长眠绿野青山。霜雪送流年，荆棘记来路，携手登攀。诀别京郊，沉沉雾气压胸间。　　而今烽火连绵。有西方霸主，高唱人权，黩武穷兵，狂轰滥炸。万民怒火冲天。板荡识忠言，疾风知劲草，共忆前贤。笑慰应看，后生虎虎谱新篇。

一九九九年五月

【注】

程代熙（1927—1999年），著名马克思主义文艺理论家、翻译家。曾任中国艺术研究院马克思主义文艺理论研究所副所长，《文艺理论与批评》副主编、主编。著有《程代熙文集》十卷。1999年5月病逝于北京。

破阵子·银婚赠妻

无有山盟海誓，未经月下花前。结伴何须长脉脉，苦胆痴心本自连。回眸三十年。　　同看阴晴圆缺，共尝苦辣酸甜。总把热肠酬冷眼，秉性难随世道迁。匆匆白发添。

一九九九年七月

观《开国领袖毛泽东》寄学友王朝柱

万家凝目望荧屏,思绪如烟百感兴。
皓首穷经追信史,呕心沥血塑英灵。
开天辟地丰功照,荡气回肠热泪盈。
正是文章千古事,狂飙一曲壮丹青。

一九九九年十月

【注】

王朝柱,当代剧作家、传记文学家。著有《长征》《延安颂》《解放》《辛亥革命》等几十部电视连续剧与传记文学作品。多次获"飞天奖""五个一工程奖"与传记文学奖。我与朝柱曾同在中央音乐学院附中、本科上学,相识逾半个世纪。

游安县白水湖

薄雾青螺湖上漂,鳞光绿影水中摇。
碧波千顷文思涌,浊酒一杯心浪高。

一九九九年十一月

访沙汀故居

千里寻芳蜀道行，老人垂泪说沙汀。
睢关十载生花笔，热血一腔报国情。
陋室昏灯传锦绣，危门暗洞忆峥嵘。
其香居里茶依旧，地覆天翻百业兴。

一九九九年十一月

【注】

1999年11月，率中国作协采风团赴川西北。安县是沙汀故乡。二十世纪四十年代，沙汀在此完成了《淘金记》《困兽记》《还乡记》等名作。国民党把沙汀列为通缉要犯。沙汀在睢水镇的工作室是一间破旧的土屋。为防追捕，床下挖个藏身坑，墙上挖个供逃跑的洞，平常洞口挂着孙中山像。革命文艺作品就是在这样的环境中诞生的。看罢大家都陷入深思。《在其香居茶馆里》是沙汀的短篇名作。

贺魏巍从事创作六十周年

曾持彩笔绘春光，又著宏文捣腐床。
创业兴邦先烈苦，毁旗拆庙沐猴狂。
柔肠侠骨红杨树①，赤胆忠心火凤凰。
耄耋犹怀忧国志，登高放眼看沧桑。

二〇〇〇年五月

【注】

① 红杨树，魏巍早期笔名。《火凤凰》，魏巍长篇小说。

杂诗（三首）

（一）

如烟广告漫文海，赏罢清歌听叫卖。
最是荧屏风景好，明星齐补盖中盖。

（二）

美景良辰四月天，四方三角意缠绵。
可怜浙海风流子，唱罢诗仙演浪仙。

（三）

文坛何处起腥风，狂卷秽言泼鲁公。
贬损如今翻异样，岱宗依旧耸青峰。

二〇〇〇年六月

【注】
鲁迅生前有诗曰：横眉岂夺蛾眉冶，不料仍违众女心。诅咒而今翻异样，无如臣脑固如冰。

登大沽口炮台

当年鏖战急，碧血染河山。
黄土埋忠骨，权臣举白幡。
岁悠兵燹远，旗在虎狼眈。
四海烟波阔，登临心怆然。

二〇〇〇年九月

闽西行（四首）

水调歌头

久慕龙江碧，今作闽西行。驱车千里南下，结伴叠峦中。不见歌台舞榭，难觅狂蜂浪蝶，四野水淙淙。漫步品松竹，谈笑举茶盅。　苏区迹，侨乡韵，土楼踪。烟波满眼，不尽感慨涌心胸。山有高低陡缓，人有贪廉贫富，此处痴情浓。对镜抚霜鬓，回首夕阳红。

连城冠豸山

深潭幽谷拥奇峰，薄雾高岚掩玉容。
一缕清风天外起，神工鬼斧画屏中。

浣溪沙·过长汀吊先烈瞿秋白

血洒闽西业未空，大军北进扫元凶。天翻地覆九州同。　　六十五年芳草梦，江城几度落花风。山呼水啸唤英雄。

登鼓浪屿日光岩

峭岩日日仰高空，岛影山岚凝望中。
光复神州第一士，鹭城千载驻雄风。

二〇〇〇年十二月

重上西柏坡（三首）

（一）

峻岭深沟传电波，巨人挥手换山河。
世间多少腾龙地，扭转乾坤是此坡。

（二）

"进京赶考"竟如何，创业艰难糖弹多。
领袖箴言悬日月，负心忘本莫登坡。

（三）

今日高坡漾碧波，白云飘处结莲荷。
多情最是老区水，奔涌轻呼同志哥。

二〇〇一年五月

鲁南行三首·浣溪沙

热土名园牵客魂，齐歌鲁酒醉人心。赤涛万顷送佳音。　蹈火赴汤先烈壮，兴邦创业后生勤。峄城巨变看当今。

【注】
山东峄城有全国最大的石榴园。挂红滴翠，林涛万顷，使人心旷神怡。

咏石榴

石榴生就一身红，赤蕾丹心照绿丛。
雨洗风熏颜不改，花飞蒂落化霓虹。

青檀赞

拔地穿岩入浩空，千磨万击更葱茏。
平生不识怯滋味，争得人间豪气浓。

二〇〇一年六月

苏共亡党十周年（四首）

（一）

国在朝臣变，风来燕雀嚣。
列斯离故土，镰斧弃蓬蒿。

（二）

决堤迎祸水，放手刮民膏。
昏吏害非浅，叛徒罪更高。

（三）

伟业开新宇，红星照普天。
一声私有化。血汗化乌烟。

（四）

积垢养奸藏杀机，东西联手砍红旗。
山摇地动看翻覆，国困民穷叹苦凄。
潮退潮兴千里路，花凋花放百年期。
莫悲长夜闷如铁，噩梦醒来听晓鸡。

二〇〇一年八月

满江红

　　怨洒五洲，只争得普天动怒。称霸主，恃强凌弱，劫贫济富。颠覆制裁伸黑手，穷兵黩武逞凶酷。到头来血债血腥偿，鬼神怵。　　百年史，崎岖路；狂飚起，乱云渡。赖先驱赴义，江山重铸。附凤攀龙留耻辱，中华自古重铮骨。对熊熊烽火染寰球，勤温故。

二〇〇一年九月

哀草民

几多民宅成灰烬，不尽苍生化鬼魂。
滥杀无辜称"反恐"，如今公理出豪门。

二〇〇一年十月

【注】
　　光明日报伊斯兰堡10月25日电（记者邹强），据阿富汗伊斯兰新闻社报道，美英10月7日以来针对阿富汗的军事行动，已造成1000多名阿富汗平民死亡。

破阵子·悼吕骥老院长

九十三年跋涉,八千里路耕耘。铮骨几经风雨洗,丹心只谱大华魂。志坚主义真。　　吕老魂归何处?青山绿野翠林。壮士犹歌抗敌曲,九州唱遍《自由神》。丰碑矗众心。

二〇〇一年十二月

【注】

吕骥(1909—2001年),现当代著名作曲家、音乐理论家,中国革命音乐运动的创始者和主要领导人之一。长期担任中国音乐家协会主席,新中国成立初期兼任中央音乐学院副院长。

锦州小驻感怀

驱车千里出雄关,放眼辽西天地宽。
旧雨新知惊聚散,清茶酽酒叙悲欢。
逸仙寻梦锦州港,神女挥毫笔架山。
待到来年舟竞发,再临渤海看扬帆。

二〇〇二年四月

贺"红豆·相思节"诗词大赛

大雅今谁作？五洲争赋诗。
铜琶抒浩气，红豆寄幽思。
尘海藏骚客，民间蕴好词。
来年回首看，嫩蕾变雄枝。

二〇〇二年七月

【注】

"红豆·相思节"诗词大赛征稿以来，收到十一万余首诗稿，数量是《全唐诗》的两倍多。作者遍布世界各地，五洲四海踊跃来稿。阅读了部分参赛作品，感到有较高的质量。乃赋此诗，以表欣喜之情。

赠北戴河创作之家

依山傍水起琼台，酷暑清秋迎秀才。
满眼惊涛催笔力，一盅老酒尽开怀。

二〇〇二年八月

惊闻朱洪英年早逝

江南闻噩耗，客舍独沾巾。
廿载同甘苦，一宵隔晓昏。
青山添峻骨，尘世少知音。
秋雨潇潇下，声声扣我心。

二〇〇二年十月

【注】

朱洪（1950—2002年），文艺评论家，1976年底到文化部政策研究室工作，曾任中国文联研究室内刊组组长、中国工商出版社副总编辑。

送别张僖同志

曾洒疆场血，又栽文圃花。
铁肩担道义，秀手理桑麻。
江汉铜豌豆，艺坛红管家。
西行应笑慰，桃李满天涯。

二〇〇二年十一月

【注】

张僖（1917—2002年），革命老战士，文学战线的著名组织工作者。曾任中国作家协会书记处书记、秘书长。

咏物（五首）

螃蟹

沉沙披绿袄，赴宴着红衣。
神采飞扬日，魂销命断时。

龟

缩头迎宿敌，浓睡度隆冬。
岁月等闲过，修成长寿翁。

蝴蝶

曾是蠕身客，春来焕艳容。
凌空观众庶，莫笑小毛虫。

牛

青春倾乳汁，老迈作盘餐。
空负冲天角，思之独慨然。

蚂蚁

谁言蝼蚁最贪生，力薄犹将豪气争。
日曝风吹无阻挡，赴汤蹈火向前程。

二〇〇三年二月

元宵节感怀

血漫中东肥霸主，兵陈寰宇逞强权。
天涯何地无烽火，几处今宵月不圆。

二〇〇三年二月

踏莎行·望西亚

雾笼中东，烟弥寰宇。杀声阵阵催军旅。人权唱罢说强权，吞邦掠国灭公理。　　怨洒五洲，愤埋心底。黎民饱受血腥洗。谁言霸主永称王，来年共看狂飙起。

二〇〇三年二月

煮豆歌·呈刘征老夫子

亭亭出陇亩，果熟入汤釜。
自有铮铮骨，何愁烈焰煮。

二〇〇三年三月

【注】

刘征，著名诗词家、散文家、杂文家、教育家。曾任人民教育出版社副总编辑、中华诗词学会副会长、《中华诗词》主编。现为中华诗词学会名誉会长。

刘老的《红豆诗》在"红豆·相思节诗词大赛"中获一等奖。有人散布谣言，甚至在报刊和网络上发表文章，诬他"腐败"、搞"猫腻"，用"不正当的手段"获取奖项。刘老对此一笑了之。我作为大赛的工作人员，写了一篇澄清事实的文章，并作一首小诗。

附：刘征诗

自嘲二首寄伯农同志（二首）

（一）

大帽压来已不惊，呼牛呼鬼任他行。
十年早觉荒唐梦，又得荒唐"腐败"名。

（二）

活该火上烤先生，自点干柴不点灯。

难得老君炉里睡，快哉一阵大王风。

二〇〇三年三月

【注】

红豆风波中，有匿名者诬我为"腐败"，啼笑皆非。伯农赠我妙句"十年一觉京华梦，赢得诗坛腐败名。"

寻谪仙

太白今何在，茫茫寻谪仙。

放歌舒块垒，把酒笑权奸。

才溢云霄外，诗铭肺腑间。

春归天姥地，可肯赋新篇。

二〇〇三年四月

【注】

2003年暮春，赴浙江新昌参加诗会。春归江南，花飞蝶舞，童叟齐咏，其乐融融。一千二百多年前，李白曾在此地漫游赋诗。忽然想起，倘李白再世，见此情景，会作何感想？

浪淘沙·抗"非典"

病毒落幽燕,愁漫人间。当年作秀舞翩跹,今日缩头都不见。知向谁边。　　抗疫起烽烟,万众争先。白衣战士立前沿,公仆倾心除孽瘴。人定胜天。

二〇〇三年五月

水调歌头·对"非典"的反思

才饮人头马,又食果枝狸。纵情吃喝玩乐,喜极猝生凄。引得灾星入体,兖兖烟播千里,万户放悲啼。暴富思淫逸,罹难盼良医。　　拼性命,洒热血,殚神思。中华赤子,抗疫除孽举旌旗。莫道雷锋已死,遍地疾风劲草,气正泰山移。但愿人长久,四海戒奢靡。

二〇〇三年五月

夏夜观天

伊甸烽烟今又狂,吞邦掠地草民殃。
联合有国空投票,霸主挥刀独逞强。
恐怖元戎抓恐怖,杀伤魁首查杀伤。
昭昭天理竟何在,几国凄凉几国昌。

二〇〇三年五月

洪湖听荷

含辛茹苦入泥窝,携绿牵红出碧波。
羞为尘寰添妩媚,常盈泪水忆蹉跎。

二〇〇三年七月

赠洪湖诗社吟友

旧雨新知聚鄂边,谈诗论剑忆前贤。
洪湖展臂迎骚客,村女钟情唱楚天。
廿载牺牲多浩气,千家磨砺育佳篇。
渔乡代有英才出,虎啸龙吟看少年。

二〇〇三年七月

赠秋枫

谁招文友白山行,朝访银湖夜数星。
满眼天波心浪滚,秋风秋雨故人情。

二〇〇三年八月

游长白山天池和刘章

刘郎弃杖上天池,浪吼狂奔癫又痴。
万亩清波收眼底,直吞造化酿真诗。

二〇〇三年八月

虞美人·登天池

苍茫大地一声吼,烈焰冲牛斗。万钧伟力出平湖,赢得碧波千顷映穹庐。　　五洲四海滚尘土,何处澄如许。安能倾水洗周天,共看冰清玉洁满人间。

二〇〇三年八月

踏莎行·别马烽

满腹华章,一身泥土。丹青只为黎民谱。村夫走卒入文心,穷乡僻壤传佳著。　　三晋含悲,九州笼雾,斯人已赴马翁处。音容笑貌梦依稀,高风亮节心头驻。

踏莎行·悼臧克家老诗翁(二首)

(一)

文振九州,诗传千古。沧桑阅尽标风骨。天涯处处诵佳篇,奇才高韵万人慕。　　佳节灯张,病床心苦。油枯蜡尽京华路。英魂今夕去何方?苍松翠柏长生处。

(二)

笔底烟波,胸中浩气。黄钟一阕狂飚起。九州共待诵新篇,何期小别隔生死。　　人去床空,魂销墨止。鲜花满屋凝愁雨。天涯何处觅诗星,风骚重振看桃李。

二〇〇四年二月

满江红·读《国家干部》寄张平

偌大儒林,总难觅一腔热血。金风起,欲波翻卷,壮怀销歇。靓女俊男勤作秀,狂蜂浪蝶骚情烈。对弄姿搔首舞翩跹,心如铁。　　橡笔动,肝胆裂;鞭魍魉,颂英杰。引书生垂泪,仰天呜咽。文海有缘增浩气,壮夫岂肯耽风月。看春归大地物华苏,同兴业。

二〇〇四年三月

【注】

张平,当代作家,茅盾文学奖获得者。曾任中国作家协会副主席、山西省副省长。著有《天网》《抉择》《国家干部》等短、中、长篇小说。

登张家界黄石寨

武陵胜景几多情,水有柔肠山有灵。
谁拔奇峰千仞挺,直将浩气送天庭。

二〇〇四年十月

过石门夹山寺

四百年前扬大风，神州席卷气如虹。
踏翻宫阙削豪富，捣碎乾坤求大同。
沧海无缘升日月，夹山有幸隐蛟龙。
星移斗转人情易，父老依然记奉翁。

二〇〇四年十月

【注】
　　李自成是遇害于湖北九宫山，还是隐居于湖南石门县？史学界对此长期有争议。我对这个问题没有专门研究，无权发表意见。过石门夹山寺，不能不使我想起那位叱咤风云的农民起义领袖。此诗只是记录了作者的一点怀古之幽思。
　　传说李自成在湖南石门夹山寺出家，号奉天玉和尚。

附：贾漫诗

读《过石门夹山寺》寄伯农

夹山豪气贯，丰镇铁肩横。
方卸文坛磨，又敲词社钟。
三盘棋未弈，满腹兴难平。
读罢新诗后，伯农你又赢。

【注】
　　二〇〇四年十二月中华诗词学会第二次全国会员代表大会期间写于京西丰台。

纪念丁玲百年诞辰

凝尘瑶瑟本无斑，电击雷轰心未残。
四海风云收眼底，万家忧乐聚毫端。
铁窗两度见铮骨，纤笔一枝扬巨澜。
亮节高风谁与似，三湘有女耀群山。

二〇〇四年十月

登代县边靖楼

山外青天云外楼，登临一望眼难收。
李郎放马安边塞，飞将张弓射国仇。
黄土轮回埋热骨，伊人次第梦忻州。
休惊自古多征战，青史还需热血酬。

二〇〇五年五月

望海潮·五台山观光

千峰竞挺,百坛林立,五台自古巍峨。佛子留香,骚人留墨,耕夫汗洒盘坨。仙乐漫青坡,天光照僧俗,一派祥和。惟有塔铃,勾人默默忆金戈。　　晋山所望如何?看商家求发,游子求窝,宦者求升,赌徒求运,世间祈愿繁多。凡念未消磨,赢体难超度,不扰佛陀。汲取清凉,凝眸静静看烟波。

二〇〇五年五月

湘鄂行(二首)

登南岳

久闻回雁地,今上祝融峰。
台阁接天幕,潇湘卧草丛。
义兼儒道释,人醉雾云松。
今日抛凡念,权充出世翁。

监利会诗友

容城耸立大江边,卧虎藏龙多咏仙。
伍子吹箫留楚韵,屈平衔恨赋骚篇。
十年浴血英魂在,千里分洪苔迹鲜。
今日同登形胜地,与君把酒唱新天。

二〇〇五年六月

【注】
　　监利亦称容城,位于湖北省南部,东拥洪湖、南倚长江,隔江与湖南岳阳相望。两千多年前,名将伍子胥诞生于此。

白洋淀放歌

大禹疏洪过此乡,荆卿泽畔唱宫商。
八年烽火雁翎疾,一代文章神采扬。
赏苇观荷惊浩瀚,抚今追昔忆沧桑。
冀中自古多豪杰,慷慨悲歌托艳阳。

二〇〇五年八月

月饼

镶金佩玉着红妆,辗转送朋登我堂。
拆尽包装才露面,价高味寡倩谁尝。

二〇〇五年九月

和园雅集

和园今日漫春风,宾主开怀谈兴浓。
把盏凭轩说浩气,挥毫泼墨走盘龙。
人生能得几回聚,诗圃曾经百代雄。
莫道辉煌难再世,骚坛重振有黄钟。

二〇〇六年二月

【注】
2006年初春,寒气未消,马凯夫妇邀诗友聚会京北和园,谈论对《马凯诗词存稿》的意见。出席者有胡振民、孙轶青、沈鹏、张锲、程树榛、李京盛、周笃文、郑伯农等。大家借酒品诗,也谈论了不少诗词工作的难处。沈鹏、孙轶青挥毫留墨,为聚会画上美好句号。

附：胡振民诗

和伯农先生《和园雅集》

和园昨夜似兰亭，旧雨新知意趣浓。
谈古论今歌盛世，临风把酒话衷情。
修文载道千秋业，固本归心万代功。
重振骚坛齐努力，领军泼墨谢黄钟。

附：杨金亭诗

和园雅集步韵奉和郑伯农同志

白石丹青沐雅风，和园轩敞墨香浓。
抒怀唐韵翻新雨，放眼尧天起蛰龙。
瀛岛筑坛招鬼蜮，昆山磨剑砺豪雄。
卢沟桥下埋刀处，子夜长听警世钟！

延庆赴会

山城今日彩云开，万里烟波卷地来。
莫道沙尘能拒客，狂飙一曲壮诗怀。

二〇〇六年四月

游延庆古崖居

古崖居里人踪渺，此处长留千古谜。
结舍深山缘战祸，枕戈绝壁保生机。
高天走马先民悍，广厦安身百姓期。
今日九州兵燹远，回眸胜景发遐思。

二〇〇六年四月

杂诗（二首）

不久前，一个抗日战争时期附逆的老文人离开人世。报章荧屏推出大量悼念文章，赞其"高风"，颂其"伟业"，读罢令人惊愕不已。乃作小诗二首，记此奇事。

（一）

新民会里寻常见，膏药旗前几度忙。
正是京华好风景，精英榜上又名扬。

（二）

顺生顺寇顺东洋，屈膝赢来富贵长。
媒体不知亡国恨，颂歌满纸吊狐獐。

二〇〇六年六月

过昭君墓（二首）

（一）

昭君不愿守宫墙，多少明珠委地黄。
何惧孤身埋朔漠，和亲万里走边疆。

（二）

猎猎风沙卷地扬，单于飞马接姣娘。
谁云胡汉唯征战，更有绵绵情意长。

二〇〇六年七月

贺营口诗词学会成立二十周年

寻芳觅秀出榆关，驻足郊原放眼看。
廿载耕耘花烂漫，辽南佳丽胜江南。

二〇〇六年十二月

迎宾曲（二首）

（一）

君从宝岛来，瑰宝满胸怀。
借问是何物，乡情与妙才。

（二）

登高观胜景，凭海扫阴霾。
两岸同挥笔，诗虹架闽台。

二〇〇六年十一月

【注】
2006年11月23日，首届海峡诗词笔会在福建省龙岩市开幕。这是海峡两岸文化交流的一项盛举。本诗为欢迎台湾嘉宾而作。

二〇〇七新年呈袁老

廿载耕耘共苦辛，友情自古重千金。
相如甘走回车巷，小白喜收飞箭人。
蜀上耄儒无宦意，河西才俊有诗心。
来年同看花争发，赢得骚坛耳目新。

二〇〇七年一月

【注】

袁第锐，著名诗词家，中华诗词学会顾问，甘肃省诗词学会会长。"廿载耕耘"，指甘肃省诗词学会成立以来，同仁们团结协作、共创伟业。

闻封笔遥寄王火兄

曾运椽毫著伟章，忽闻封笔陡心伤。
谪仙一去折风雅，懒向儒林觑艳妆。

二〇〇七年元月

【注】

王火，著名作家，茅盾文学奖获奖者。因年逾八旬，宣布"封笔"。闻之感慨不已。

故宫初逢酬欣淼同志

书海文山久困熬，且从风雅觅逍遥。
兴衰成败眼前过，苦辣酸甜纸上抛。
笔底枉垂痴叟泪，梦中常忆广陵潮。
今宵又读凌云句[①]，不尽遐思心浪高。

二〇〇七年元旦

【注】

① 《郑欣淼诗词百首》最近由线装书局出版。

祭叶利钦（二首）

（一）

易帜分邦举世呼，连年休克国荒芜。
几家称颂几家否，青史难逃众口诛。

（二）

斯人已赴黄泉路，何处哀声送北都。
兔死狐悲无足怪，认贼作父太糊涂。

二〇〇七年三月

访孙诒让故居

皓首穷经玉海楼，文心义胆耀神州。
"六经注我"今为盛，后学登临顿觉羞。

二〇〇七年五月

过戚继光鏖兵处（二首）

（一）

倭寇当年犯海疆，将军水上筑金汤。
风驰南北八千里，不为封侯为固邦。

（二）

青史悠悠不可忘，环球几度抗豪强。
谁言烽火成遗迹，靖国阴风正越洋。

二〇〇七年五月

【注】
戚继光有诗曰："封侯非我愿，但愿海波平。"

浣溪沙·共庆《讲话》发表六十五周年

六十五年弹指间，又临吉日梦魂牵。京城聚会忆前贤。　　虎啸龙吟声不断，花开蒂落景常迁。雄文依旧耀中天。

二〇〇七年五月

登望海楼

矗立南疆第一楼，登高临远望神州。
浪涛奔涌推帘幕，山石嶙峋冲斗牛。
虹架岛礁穿地角，船浮江海达天陬。
莫嫌自古穷荒僻，华夏腾飞看洞头。

二〇〇七年六月

【注】

望海楼建于浙江省洞头县大门岛烟墩山。洞头是全国12个海岛县之一，由103个岛屿与259座礁石组成。据古籍记载，公元426年，永嘉郡守颜延之曾在大门岛建亭观海。今已不存。2004年，洞头重建望海楼，2007年6月建成并对外开放。望海楼挺拔雄伟，有东南第一楼之称。自古洞头与大陆以舟船相通。近来陆续建成了贯通温州和洞头的海堤以及连接岛屿的七座桥梁，加上本地独特的自然景观，望海楼遂成为游客蜂涌而至的著名景点。

江城子·老同学聚会

2007年6月初，中央音乐学院附属中学"五一班"同学聚会京城。附中一九五一年创办于天津，1958年迁到北京。"五一班"最初有16名学员，尔后大部分升入本科。学员中有钢琴家刘诗昆、鲍蕙荞，小提琴家刘育熙，还有马思聪的女儿马碧雪，肖友梅的侄孙女肖桐……。少小离别老年聚，大家有说不尽的话题。作为"五一班"的老学员，我于唏嘘感慨之余作小诗一首，以志小聚。

当年津港共一堂。小姑娘，少年郎。无忌无拘，携手弄宫商。雨露催株株竞发，辞母校，走八方。　京城聚会满头霜。忆同窗，说沧桑。往事如潮，勾起泪双行。莫道征夫今已老，情未泯，血盈腔。

二〇〇七年六月

赠刘章

刘郎何所事，耕读在山庄。
骨肉连乡土，神魂逐太行。
胸中藏锦绣，笔底淌汪洋。
今日重相聚，酣歌醉五粮。

二〇〇七年七月

玉溪行五首·聂耳九十五周年祭（二首）

（一）

当年国难笼中华，谁唱大风唤万家。
一曲狂飙民奋起，壮歌催发凯旋花。

（二）

而今康乐降中华，谁个力行骄与奢。
聂耳英灵天上望，劝君莫奏后庭花。

聂耳音乐广场

玉溪城畔暮云飘，灯火通明映九霄。
碧水清风丝竹起，万民入乐共逍遥。

虞美人·望抚仙

抚仙湖上烟波渺，故事知多少。小城千载隐湖中，百丈银帘密密掩真容。　　问君何故沉湖底，人去无消息。波心竟有几多谜，引得八方游子叹神奇。

界鱼石

抗浪大头居两湖，相邻相望不同浮。
水中亦有悖时客，只赏孤芳不学儒。

二〇〇七年六月

【注】
　　玉溪的抚仙湖与星云湖相连相通，但湖中的抗浪鱼与大头鱼却各居一湖，游到交界处立即各自返回。前人在两湖交界处立一石碑，叫界鱼石。老子主张"鸡犬之声相闻，民至老死不相往来"。莫非鱼类中亦有道家的忠实信徒？

寄郑邦利

久别天涯客，常思南海云。
诗坛兴业苦，宇内弄潮频。
李杜千秋仰，风骚众口吟。
衡山回雁处，虚席待伊人。

二〇〇七年七月

【注】
　　郑邦利，中年诗词家，海南省诗词学会会长，中华诗词学会常务理事。衡阳会议之前手机传诗，似有倦意。乃作此诗邀之赴会。

大国攻占伊拉克四周年

小球何日靖硝烟,火漫中东又一年。
百万平民沉血海,一方热土化屠坛。
维和旗下灭公理,反恐声中树霸权。
不信灾星能永耀,乌啼月落看明天。

二〇〇七年八月

岳阳楼(三首)

(一)

坐断湖湘望大江,餐风沐雨证兴亡。
先忧后乐传千古,游子登临思绪茫。

(二)

先富已登欢乐谷,谁将斯语记心房。
痴情唯有东流水,日夜奔腾唤范郎。

(三)

涤浊扬清民切盼,从来浩气起湖湘。
狂飚直荡九千里,毕竟中华有脊梁。

二〇〇七年九月

南湖远眺

水天无界雾朦胧，遥望君山隐玉容。
帆往人来皆不见，世间难觅是清空。

二〇〇七年九月

期盼

一去绍兴沉睡久，秋风又拂宫墙柳。
擎旗引路众人仰，何日春归重聚首。

二〇〇七年十月

【注】

2007年5月，德高望重的孙轶青会长在浙江突发脑溢血，从此昏迷不醒。起先在绍兴住院，后来转到北京协和医院。诗词界都牵挂着他。我于2007年秋写了一首诗，还谱了曲子，曾在当年诗词年会上演唱过。

马鞍山诗歌节二周年

前年十月，在马鞍山举行第一届中国诗歌节。与会诗友几乎一致同意这样的意见：诗词不是已经失去生命力的老古董，它应当也能够表现新的时代。二十一世纪，是新诗和格律诗同荣并茂、比翼双飞、互相竞赛、互相促进的世纪。这是认识的重大突破，也是诗歌发展格局的重大突破。

重振风骚道不孤，当涂论剑众人呼。
一花独贵终须了，诗海八仙各展图。

二〇〇七年十月

赏淮安"古韵新淮"文艺晚会

主人弄乐送清音，意远情深沁客心。
此曲只应尘外有，喧城能得几回闻。

二〇〇七年十一月

读博里农民诗

寻芳千里到湖滨，凝望村花一树新。
莫道耕夫无翰墨，江淮儿女尽诗神。

二〇〇七年十一月

浣溪沙·寄何国瑞同志

挥别京畿又一冬，江城几度望飞鸿。诗书满纸记峥嵘。　　沥胆披肝多赤子，挽澜排浊有愚公。回眸共看夕阳红。

二〇〇七年十一月

【注】

何国瑞，著名文艺理论家，武汉大学教授。有《艺术生产原理》等诸多专著问世。2007年秋，接何氏夫妇旧体诗集，读之感慨丛生乃作此诗。

人生七十

文山艺海久徜徉，未掸征尘两鬓霜。
言必由衷常惹祸，事无关己总牵肠。
位卑安敢妄忧国，年迈何堪学跳梁。
大雪纷飞遮四野，犹睁迷眼觅春光。

二〇〇七年十二月

九曲排工

武夷山上小排工，说景撑篙评世风。
衣食住行云雾里，酸甜苦辣笑谈中。

二〇〇七年十二月

浣溪沙·参观柳永纪念馆

生在武夷云水间，直将情爱铸词篇。离愁别恨越千年。　青史几回书婉约，男儿自古解缠绵。只今犹唱柳屯田。

二〇〇七年十二月

踏莎行·观诗有感

对月伤心，望花兴叹。毫端常见幽情漫。有骚人处有闲愁，铸成韵语千千万。　四海浪高，九州星灿。男儿有笔不轻撰。安能一唱振民魂，诗家方显英雄汉。

二〇〇八年一月

拜 年

暑往寒来劳碌中，培红植绿望葱茏。
寸心只共花争发，赢得人间春意浓。

二〇〇八年一月

读《元宵漫感》呈刘征老

月照九州光灿然，几家欢乐几愁颜。
灾传禹甸民无怯，风送莺歌梦不安。
硕鼠登堂威赛虎，骚狐布道气冲天。
夜阑遥望南疆雪，雾气如烟笼暮寒。

二〇〇八年二月

附：刘征诗

元宵漫感

照眼华灯却谙然，何曾佳节破愁颜。
树摇瘦影春犹怯，月撼风窗夜未安。
硕鼠食肥嗟变虎，黄金垫脚瞬登天。
虐民更咒南天雪，暖酒难消彻骨寒。

听荧屏点评大观楼长联有感

秋风秋雨扫长空，一席狂言笑髯翁。
话语霸权君独占，是非曲直妄谈中。

二〇〇八年三月

踏莎行·赞唐山十三义士

雪压烟村，冰封归路。江山万里凝愁雾。海滨自有热心人，驱车直赴凶灾处。　　汗洒郴州，情留津渡。世间最美是襄助。临危时节见英豪，三湘四水心碑矗。

二〇〇八年三月

【注】

媒体报道：南方遭雪灾，惊动了唐山地区十三位农民。他们带上工具租上车，开赴湖南郴州，在那里奋战了半个月，无偿帮助当地群众抢险救灾。他们的义举感动了三湘四水，也感动了全国老百姓。

天净沙·山中访杏

蓝天绿野苍崖,老林热土新葩。谁染太行如画?神驰心讶,春风十里银花。　　山中素净人家,无娇无媚无哗。不省追冬逐夏。一生淡雅,但随云水烟霞。

二〇〇八年三月

棋盘山访杏遇雪（新声韵）

乍暖还寒寻胜来,
棋山何处不飘白。
雪花亦爱春光灿,
待与杏花同步开。

二〇〇八年三月

王震赞（五首）

（一）

　　新疆和平解放后，时任中共中央新疆分局书记和新疆军区政委的王震一方面坚决清剿乌斯满匪帮，一方面着手恢复生产，开展经济建设。他亲手创建新疆建设兵团，经常穿着破旧的棉衣带领战士拉着爬犁运石头。当地老百姓好奇地围观并议论："真是改朝换代了，共产党的大官和当兵的一样，干这么重的活，哪里见过！""延安来的汉人，他们心是诚的，人是正的。对我们是真的，是我们各民族的亲人。"

　　缚罢苍龙出渭湟，直将热血洒边疆。
　　兴农除患解民困，赢得百花齐向阳。

（二）

　　离开新疆后，王震任铁道兵司令员，后来又出任农垦部长。他亲临第一线风餐露宿，指挥修筑黎湛铁路和鹰厦铁路。他继续了从陕北和新疆开始的垦荒事业，在黑龙江北大荒建起现代化农业生产基地，在海南和云南建起大规模橡胶园。"上马打天下，下马建天下。"大江南北、长城内外，到处留下他的足迹和汗水。

　　曾教陕北赛江南，又令荒滩变绿川。
　　汗洒中华三万里，将军何处不攻关。

（三）

"文化大革命"开始不久，有人组织二百多人到王震家里"造反"。趁王震不备，把"黑帮头子王震"的黑牌挂在王震脖子上，并狂呼"打倒三反分子王震""砸烂王震独立王国。"王震怒不可遏，针对"三反分子"这顶大帽子，他高喊："我是革命的，是反对帝国主义、反对封建主义、反对官僚资本主义的。""打倒真黑帮！"他"噌"的一下把黑牌取下来，摔在地上。这一摔，摔出了党心民心。此举引起社会震惊，很快被广为议论。

敢怒忠良不敢言，竖揪横扫浪滔天。
雷鸣电闪一声吼，浩气长留天地间。

（四）

1988年9月30日，中共十三届三中全会即将在北京闭幕。当时的中央总书记问大家还有没有什么事。就在这时，坐在台下前排的王震"腾"地站起来，激动地说："我来讲几句。""看了《河殇》伤了我的心……伤了中华民族的心。《河殇》把中华民族诬蔑到不可容忍的地步！""《河殇》从龙说起，说我们黄种人不好，说黄种人自私、愚昧，一连十二个黄字。"他反对中央媒体大力宣扬《河殇》和赵紫阳对《河殇》的大力推荐，要求中央研究这个问题。他的发言引起一阵热烈掌声。

当年众口说《河殇》，瓦釜雷鸣浊气扬。
独有三湘铮骨汉，敢临风口戳新妆。

【注】

"戳新妆"指戳穿"皇帝的新衣"。

（五）

王震在解放全中国和建设新中国中有重要贡献，在打倒"四人帮"和新时期建设中也有特殊贡献。他坚决支持关于粉碎"四人帮"的决策，并在华国锋、叶剑英的安排下积极在一批老同志中走动。解决"四人帮"问题后，他积极支持拨乱反正和改革开放。在深圳办特区，在上海建宝钢，王震都是大力推动者。海南建省，他是倡议者之一。当然，他也力主在改革开放中必须坚持社会主义方向，不能导致腐败和两极分化。他是真正既坚持四项基本原则，又坚持改革开放的。

兴邦开国建奇功，除旧布新登峻峰。
莫道斯人今已殁，江河不废水流东。

二〇〇八年四月

浣溪沙·惊闻汶川大地震（二首）

（一）

霹雳一声降大灾，天崩地裂狱门开。生灵热土化尘埃。　　千古中华多困苦，八方义士忍悲哀。扶伤救死入山来。

（二）

汽笛长鸣寄国哀，亿人同上救灾台。相濡以沫记胸怀。　　淫逸骄奢随震去，励精图治乘风来。重登天府待英才。

二〇〇八年五月

踏莎行·重建家园

祸降千村，灾传万里。天公逼我决生死。毁家夺命震民魂，神州十亿连心起。　　多难兴邦，玩物丧志。中华自古多磨砺。卧薪尝胆度艰危，江山明日更宏丽。

二〇〇八年五月

浣溪沙·烈火中的凤凰

一、蒋敏

彭州市女民警蒋敏,老家在北川。地震时,父母和两岁的女儿皆被掩埋,全家十口死于大难。她忍着巨大悲痛坚持工作。公安局领导派她到指挥中心,她坚持留在第一线。曾因过度劳累晕厥过去,醒过来后马上要求回安置点。她说:"我还行,我不能占医院的床位,让给受灾群众吧。"

祸袭龙门毁万家,夺亲灭子痛无涯。忍收泪水护新芽。　　大爱无私惊四海,真情似火漫中华。蜀天雨后绽红霞。

二、邹雯

12岁的藏族女孩邹雯是映秀小学五年级学生。地震时,她已经跑到楼梯口,看到屋里还有行动迟缓的同学,又返回来拉人一起跑,以致成为最后撤离的一个,不幸被砸死。父亲见到女儿遗体痛哭道:"女儿,你为啥子不'自私'一下哦……"

问女缘何不自私,临危救友献身躯。一十二岁正花期。　　映秀镇中声寂寂,汶川县里草萋萋。小城有女耀川西。

三、成都出租车司机

5月12日凌晨三点半,在成都至都江堰的公路上,一长串出租车,都打着应急灯。原来这些出租车是听到电视台、电台广播后,连夜出动,赶往都江堰救人的。

呼救声声惊梦中,锦官城外走长龙。的哥的姐急匆匆。　为送伤员争上路,一腔热血映灯红。世人刮目看民风。

四、伞兵天降

5月14日中午,某军空降兵15人在茂县上空跳伞。权威人士告诉记者,这次跳伞非常艰险,着陆地点是峡谷,全部为悬崖,没有着陆地点,而且从云层上面往下跳,云下条件一无所知,全靠伞兵自己控制。15名勇士都写了"遗书",最终全部安全降落。

路断山崩信息封,万人久困震墟中。神兵天降鸟途通。　千丈长空飞峭壁,几封绝笔见衷情。巴山蜀水仰高风。

二〇〇八年六月

闻卡拉季奇被抓获（二首）

（一）

猛打穷追网盖天，白宫威力大无边。
陈兵异国抓元首，平等自由添妙篇。

（二）

重奖高悬价万千，勇夫猛士尽垂涎。
外合里应成交易，遥叹南奸胜汉奸。

二〇〇八年七月

【注】

外电报道，曾任波黑塞尔维亚共和国总统的卡拉季奇，日前被"塞尔维亚安全部队"抓获，并准备送往海牙"国际法庭"受审。媒体透露："欧联曾表示逮捕并移交卡拉季奇及姆拉迪奇是塞尔维亚加入欧盟的条件之一。卡拉季奇被捕后，欧盟轮值主席国法国发表声明说，逮捕卡拉季奇，'证明塞尔维亚政府致力于巴尔干地区的和平与稳定的承诺'，是'塞尔维亚加入欧盟进程的重要一步'"。

浣溪沙·寄晏西征先生

湘水梅山处处家，文韬武略两奇葩。说今论古一杯茶。　茹苦含辛耕热土，殚精竭虑护鲜芽。何时延客赏新花？

二〇〇八年八月

【注】

晏西征，武术家、诗词家。现为湖南省诗词协会副会长、湖南省岳麓诗社副社长、湖南省武术协会副主席、湖南省东方文武学院院长。

惊见龙游石窟

百丈深潭隐旧踪，扬波清垢见真容。
越人巧智耀千古，凿出江南第一宫。

二〇〇八年十一月

【注】

龙游位于浙江省西部。两千多年前，越人在此开凿石窟。后来石窟被水淹没，顶部呈水塘状，人们长期不知水底秘密。上世纪九十年代初，龙游石岩背村村民在塘中抽水，老也抽不干。连续抽了十七天，终于水落窟出。百姓们惊讶至极，个个雀跃欢呼。在政府的关怀与支持下，人们在当地0.38平方公里的山丘上发现了24个这样的石窟。经过勘察，估计这里有50个为水塘所掩盖的石窟。专家查阅古书，才知道早在汉朝就有关于龙游石窟的记载。从此龙游石窟的来龙去脉、其中所隐藏的故事，就成为文人们热心议论的话题。

龙游诗会听侯孝琼教授吟唱李煜《破阵子》

似是凝思似诉情，绵绵长恨曲中倾。
红尘何处觅真韵，老凤醇于雏凤声。

二〇〇八年十一月

访南社诞生地

文弱书生聚水乡，拼将热血铸华章。
百年犹见诗魂在，霹雳狂飚卷大江。

二〇〇八年十二月

重访寒山寺

姑苏城外变城内，楼阁亭台一脉连。
渔火不知何处去，钟声依旧荡人间。

二〇〇八年十二月

天净沙·过吴江垂虹桥（三首）

（一）

断桥垂柳斜阳，苇塘蟹岛鲈乡。游客心驰神往。卡拉高唱，方知闹市身旁。

（二）

追秦觅汉寻唐，吟诗作赋倾肠。笔底心花绽放。碧波轻漾，共思千古沧桑。

（三）

红衣绿袄唐装，铁龙宝马富康。街上人潮流淌。问君何往？创收创业真忙。

二〇〇八年十二月

踏莎行·悼念孙轶青会长

烽火幽燕，金戈齐鲁。江山有赖血躯铸。硝烟散罢入儒林，开山劈岭迈新步。　　重振风骚，擎旗引路。放歌纵笔人无数。走村入巷育诗苗，中华遍地挺嘉树。　　沥血呕心，殚精竭虑。油枯灯灭哲人逝。撕心裂肺泣声凝，丰功伟绩心碑屹。　　大地含烟，古城垂涕。苏辛李杜迎君去。远行孙老莫牵肠，千山桃李继遗志。

二〇〇九年三月

闻西方金融危机（三首）

（一）

海啸汤汤起远洋，环球大款尽心慌。
声声救市音凄切，共唤挖肌补烂疮。

（二）

实业衰颓票卷张，惯于空手套白狼。
安能泡沫生财富，病入膏肓无妙方。

（三）

西宫岂是万年长，负债连年埋祸殃。
流水落花春去也，人间正道是沧桑。

二〇〇九年四月

纪念渡江战役胜利六十周年（三首）

（一）

莫道树倾根自亡，枯枝残叶亦疯狂。
振聋发聩一声吼："不可沽名学霸王"。

（二）

辟地开天路漫长，几人青史识兴亡。
若非奋勇追穷寇，隔水分廷望断肠。

（三）

曾捐骨肉筑金汤，又遣雄狮过大江。
志士头颅慈母泪，赢来国运百年昌。

二〇〇九年四月

登西安大雁塔（二首）

（一）

雁塔题名有几多，寒窗十载苦磋磨。
皇恩一旦从天降，鱼跃龙门鸟放歌。

（二）

昔日文魁剩几多，风吹花落逐烟波。
却看塔畔青青草，岁岁年年爬满坡。

二〇〇九年六月

题平谷文昌塔

无僧无佛一浮图，矗立京东守大都。
不见观音迎贵子，唯期孔圣佑寒儒。
文星哪比歌星酷，书气难追财气粗。
塔畔徘徊抬眼望，青山绿野有通途。

二〇〇九年六月

寄新疆诗友（三首）

乌鲁木齐"7.5"事件后，与中华诗词学会星汉副会长通电话，得知新疆诗友安然无恙、情绪镇定，甚感欣慰，乃作小诗三首。

（一）

西望天山云海茫，花开花落总牵肠。
边城诗友可安好，电送佳音老泪汪。

（二）

三手联拳造祸端，杀烧砸抢绝人寰。
亲情自古浓于血，螳臂安能撼泰山。

（三）

前台演戏后台忙，引线穿针在远方。
唱彻人权施暴力，多行不义必沦亡。

二〇〇九年七月

如梦令·送君赴挪威领诺贝尔和平奖

赫赫声名大奖,可谓全球共仰。万里选才郎,花落谁家手掌。揭榜、揭榜,得主招人遐想。　达赖曾经领赏,老奥一锤打响。三万大增兵,开赴穷乡僻壤。诺奖、诺奖,颁给杀烧掠抢。

二〇〇九年十月

浣溪沙·长汀吊瞿秋白烈士

慷慨悲歌唱晚风,枪声划破夕阳红。书生本色是青松。　一纸遗书凝血泪,等身宏论唤工农。泉台笑看九州同。

二〇〇九年十一月

瞻仰瞿秋白塑像

胜迹标青史,丰碑立古丘。
举旗播马列,走笔写春秋。
沪上两知己,江头一重囚。
我来追往事,汀水静悠悠。

二〇〇九年十一月

梅花山观虎

此身曾是兽中王，辗转腾挪入土墙。
解渴充饥皆特供，安居闲卧有专房。
扑鸡虽可显身手，丧志安能凌雪霜。
利爪钢牙犹附体，雄风霸气已丢光。

二〇〇九年十一月

赠台湾诗词家代表团林恭祖团长

恭祖先生满肚才，邀朋携艺踏波来。
橡毫一甩诗泉涌，赢得梅花二度开。

二〇〇九年十一月

虎年春节寄林锡彬暨鹏城诗友

粤海送秋月，京华迎虎哥。
开机收远讯，戴镜览春波。
言简诗情笃，人微挚友多。
何年重聚会，把酒共磋磨。

二〇一〇年二月

【注】
林锡彬，当代诗词家，深圳诗词学会会长。

读和诗寄兆焕兄

四十六年弹指过，天南地北各奔波。
鹏城喜诵凌云赋，荔圃谁裁出水荷。
尘海几番惊聚散，故人万里送弦歌。
此身已老心难老，妙笔生花看许哥。

二〇一〇年三月

【注】

许兆焕，诗词家、编辑家。早年供职于《光明日报》。粉碎"四人帮"后回广东老家，曾任《深圳特区报》副总编辑、深圳诗词学会会长。热心于扶植新人，"荔园诗社"是他精心浇灌的一块园地。其《鹏城赋》刻碑立于深圳重要景区。

参观澳门妈祖阁

妈祖堂中景色鲜，游人难觅绕梁烟。
特区神女讲廉政，只佑平安不敛钱。

二〇一〇年五月

游利川腾龙洞（二首）

（一）

久闻海底有神宫，山底神宫势更雄。
绝壁危岩撑地幕，隐泉飞瀑泻巴东。
烟飘雾绕红尘远，冬暖夏凉春意浓。
英物何须归大泽，水深洞阔好腾龙。

（二）

定是上苍情独钟，尽将奇景植巴东。
人间多少风流地，此乃神州第一宫。

二〇一〇年五月

江城子·重访恩施

少年负笈下湖湘。踏羊肠，沐朝阳。千里鸣铎，觅韵访山乡。忽报鄂西花竞发，攀峻岭，上清江。　　重登故地叹沧桑。小平房，变楼堂。胜景迷人，游客醉如狂。最是土家才艺好，歌舞起，泪双行。

二〇一〇年五月

【注】

　　1958年秋，参加全国少数民族普查工作，在湖南翻山越岭。翌年初夏，调查组派我赴恩施与中南民族学院的专家交换关于土家族的材料。此次重访恩施，时隔51年。山乡巨变，令我感慨万千。

来凤诗会

凤来龙往是仙乡，健舞悠歌动楚湘。
胜景催开诗海闸，骚人笔底竞流光。

二〇一〇年五月

谢刘云山同志致"三代会"贺诗

知音一倡骚坛幸，奔走相传笑语盈。
旧雨新知齐努力，九州处处漫诗情。

二〇一〇年六月

"三代会"闭幕呈马凯、忠秀同志(二首)

(一)

正是神州腾起时,千山万壑挂新枝。
为培大树参天立,老马虽羸犹奋蹄。

(二)

今日九州吟帜飘,和园常记说风骚。
若无春雨勤浇灌,安得诗苗节节高。

二〇一〇年六月

江城子·游平谷将军关

古来此地是疆场。杨六郎、戚继光。长城抗日,八路凯歌扬。一唱雄鸡天下白,舒正气,挺胸膛。 而今故地好风光。办工商,起楼房。旅游兴镇,宾客聚山乡。最是儿郎心太野,敲电脑,越重洋。

二〇一〇年六月

离湘寄蔡世平

南园小憩最逍遥,日览湖山夜畅聊。
帘外嘤嘤雏鸟唱,忧愁烦恼应声抛。

二〇一〇年七月

【注】
　　蔡世平,诗词家,尤以长短句享誉诗坛。曾任岳阳市委宣传部副部长,岳阳市文联主席,中华诗词研究院副院长。

榆林游

久闻塞上有驼城,一览驼城游客惊。
汉瓦秦砖追往昔,高台古堡记刀兵。
气输东土万家暖,绿锁黄沙四野清。
泉下先驱应笑慰,今朝陕北更葱茏。

二〇一〇年八月

仰望星空

金钱魔力竟如何,一券能驱鬼唱歌。
仰望星空思索苦,天河原本是银河。

二〇一〇年八月

如梦令·雁荡山抒怀

应是洪荒远古,天体太空漫步。大地一哆嗦,喷出炎浆浓雾。凝固!凝固!化作岩山石柱。　竖看千峰竞矗,横看群鸾飞渡。巅顶溢清波,漫卷天河倾注。真酷!真酷!造化神工鬼斧。　幽谷深潭飞瀑,老酒新茶嘉木。胜景惹遐思,招引骚人无数。争赋!争赋!留取宏篇佳著。

二〇一〇年九月

鹅卵石

地裂崖崩离陡山,浪冲潮卷下河滩。
久经磨洗销棱角,八面玲珑居水间。

二〇一〇年九月

连续地震后的沉思(三首)

(一)

大地缘何颤抖频,五洲四海垒新坟。
一方有难八方助,治本还需寻病根。

(二)

火箭飞船宇宙行，高台能探九霄星。
今人已谙天边事，可惜难窥地底情。

(三)

工业勃兴三百年，小球处处换新颜。
改天未必万般好，人类该当学补天。

二〇一〇年十月

南歌子·迎重阳

才送金秋月，又迎北国霜。天高云淡雁南翔，草木未凋已是近重阳。　　莫道征夫老，身羸情未央。佳期好去访山乡，携侣登高聊发少年狂。

二〇一〇年十月

读新作二十首呈刘征老

探幽索隐指迷踪，火眼金睛一智翁。
莫道人生难再少，晚霞映日满天红。

二〇一〇年十月

听杨叔子院士讲话有感（二首）

（一）

学兼文理哲人智，情系家邦赤子心。
艺海探幽高手集，谁家慧眼识真金。

（二）

"国魂凝处是诗魂"，院士一言惊鬼神。
莫道金钱通万物，风骚自古润人心。

二〇一〇年十一月

【注】
2010年11月5至6日，"高等学校诗教工作暨当代诗教研讨会"在武汉江汉大学召开。杨叔子院士作主旨发言。他引用旧作，强调"国魂凝处是诗魂"，使我深受震撼。按捺不住即席写了几句韵语，算是由衷的"应声附和"。

学诗呈文怀沙老师

几度临渊羡物游，衣冠抛却泛中流。
狗刨猫扑公休笑，放浪形骸心自悠。

二〇一〇年十一月

【注】

文怀沙先生戏称写诗出律为游泳中的"狗刨"。先生向我索要习作。作为半个世纪前的学生，我生怕习作不及格，送书的同时呈此诗"自嘲"。

参加贵州梵净山诗词大赛评奖感言

路远潭深有潜龙，寒冬腊月隐其踪。
一朝大地春雷动，劈浪凌霄舞浩空。

二〇一〇年十二月

兔年说兔（三首）

（一）

护花香广宇，捣药济苍生。
不入天官榜，高空勤杂工。

（二）

君家何处觅，三窟俱泥窝。
非为倒房产，只缘逃劫波。

（三）

争标曾让龟登顶，辞世竟教狐放悲。
莫笑平生无伟绩，心慈胆小亦留晖。

二〇一一年二月

读报有感
——对责难诗词热的惊叹

危言何处起，句句惹遐思。
难忍风骚盛，更嫌黎庶痴。
弄潮非列祖，作秀上高枝。
臧否由他去，安然赋小诗。

二〇一一年三月

附：亦思诗

和伯农同志《读报有感》

亦闻奇论出，喋喋向诗词。
都道风骚老，何堪颜色凄。
井蛙鸣鼓日，斥鷃笑鹏时。
岱岳安能撼，依然挺立之。

骆宾王墓

冢外春光冢内谜,广陵一去杳无期。
女皇威武今安在,千载烟村唱骆诗。

二〇一一年三月

富春江咏怀

严光

拒禄辞官做钓翁,是非曲直漫评中。
玄机参透归真去,任尔东西南北风。

孙权

登临遥望隔烟岚,入海春江接远湾。
应记富阳孙仲子,首持彩练系家山。

黄公望

颠沛流离下皖东,奇峰搜尽作丹青。
胸中块垒山峦叠,世上炎凉烟雨濛。
烽火连绵珍宝散,吉星掩映故人逢。
而今华夏振兴日,两岸殷殷盼大同。

郁达夫

笔走龙蛇惊宇内,躯捐南海是英儒。
青山绿水长相忆,亘古男儿郁达夫。

二〇一一年四月

闻基地组织头目拉登命断巴基斯坦

灭灯熄火凯歌隆,世上血腥难绝踪。
惯倚强权施暴力,大巫更比小巫雄。

二〇一一年五月

南湖船（二首）

（一）

谁掷明珠落海西,清风拂水起涟漪。
应知湖上泛舟日,正是中华腾跃时。

（二）

红船解缆出湖塘，斩浪劈波奔远方。
雨骤风狂无阻挡，烟弥雾笼不迷航。
万民嘱托舱中载，一国兴衰肩上扛。
舟覆舟浮都是水，得人心者振家邦。

二〇一一年六月

出河店古战场

天降狂飚卷大营，辽兵十万赴幽冥。
茫茫黑土掩残骨，千载犹闻鼙鼓鸣。

二〇一一年七月

【注】

公元1114年，金主阿骨打统领女真各部与辽兵大战于出河店（今黑龙江省肇源县西南），这一年的两战，共击溃辽兵十万人马。1115年，金太祖在今黑龙江阿城定都建国。

悼念尚云同志

噩耗传千里，凭轩泪暗流。
潜心培嫩蕾，奋笔绘金秋。
人去诗魂在，天高星影悠。
九泉思故土，后辈正加油。

二〇一一年八月

【注】

尚云（1938—2011年），诗词家，曾任淮安市人大主任、中华诗词学会理事、江苏省诗词协会副会长、淮安市诗词协会会长。

惊见曹妃甸

移沙填海战汪洋，百里新城出浩茫。
为政当须大手笔，龙王头上筑金汤。

二〇一一年八月

【注】

曹妃甸原是渤海中的小岛，隔水与唐山相望。唐山人以土填海，硬是把小岛与大陆连起来。现在曹妃甸已成为高端工业的聚集区。

唐山采风吊先烈李大钊

漫步幽燕地，同怀李守常。
铁肩担社稷，妙手引霞光。
冷眼对魔窟，昂头赴绞场。
英魂归故里，山野莽苍苍。

二〇一一年八月

踏莎行·金湖感怀

华夏新城，尧邦故土。平波曲水绕洲浦。荷塘万亩碧连天，风飘英气漫吴楚。　　陈粟鏖兵，韩梁擂鼓。湖滨代代留铮骨。而今万众享安康，回眸应记兴邦苦。

二〇一一年八月

访荷遇鹅

踏茵涉水访莲荷，列队迎宾满地鹅。
禽鸟安知分贵贱，逢人一律叫哥哥。

二〇一一年八月

冼星海（二首）

（一）

文星自古出寒门，万里飘零一草根。
尝遍人间辛辣苦，民心凝处出佳音。

（二）

笔卷狂飙壮国魂，黄河怒吼太行奔。
悲歌慷慨撼心魄，君乃神州第一人。

二〇一一年十月

中秋无月

万众凝眸仰太空，天光云影杳无踪。
嫦娥亦恨红包小，万唤千呼不出宫。

二〇一一年十月

江畔逢尹贤老先生

老凤南来学鸟鸣,清音一出满堂惊。
程门立孔君休笑,砥砺磋磨别有情。

二〇一一年十月

【注】
《中华诗词》杂志社在湖北举办"金秋笔会"。著名诗人、八十高龄的尹老先生报名参加,充当学员,并老老实实交上"作业",请"辅导老师"批改。此举令我感动,也使我深感惭愧。

纪念马尾船政有思(三首)

(一)

连年洋务筑金汤,海炮一声沉马江。
岂是中华无应力,卑躬屈膝误家邦。

(二)

匆匆十载又逢殃,黄海悲歌更惨伤。
赔款割疆留国耻,万夫同指李鸿章。

（三）

寻舟马尾树边防，种柳天山固北疆。
为政当须筋骨硬，只今犹记左宗棠。

二〇一一年十一月

别柯岩

此去泉台路几程，新知旧雨别匆匆。
不随柳絮因风舞，常学杜鹃含血鸣。
古道热肠心太直，忠言逆耳性如冰。
等身著作传天下，换取人间正气盈。

二〇一一年十一月

浣溪沙·记地安门小聚

二月京华寒气浓，新知旧雨聚城东。清茶淡酒醉高朋。　　点将催诗刘院长，抛珠引玉老周翁。酣歌漫咏别隆冬。

二〇一二年二月

【注】

刘院长即北京东方中国诗书画院院长刘迅甫。老周翁即著名学者诗家周笃文。

浪淘沙·三月扬州

伫立久凝眸,三月扬州。烟波滚滚隐层楼。远影孤帆都不见,虹架潮头。　　思绪接千秋,往事悠悠。骚人墨客竞歌讴。虎啸龙吟今胜昔,再创风流。

二〇一二年三月

瓜州新景

重访瓜州地,春来草木苍。
宝箱无觅处,佳句久铭肠。
古渡舟船渺,高桥车马狂。
儿童牵远客,指点看诗墙。

二〇一二年三月

【注】
传说杜十娘在瓜州怒沉百宝箱。

广陵潮

游人争说广陵潮,江水弦歌逐浪高。
岂止春光能醉客,揪魂摄魄是风骚。

二〇一二年三月

重登恭王府（三首）

（一）

二百年前此院中，满堂奴婢侍王公。
侯门一进深如海，往事悠悠无影踪。

（二）

三十年前此院中，比肩继踵学雕龙。
文山会海儒生苦，寂寞海棠空自红。

（三）

重来此院已龙钟，煮酒烹茶赏旧宫。
如织游人追往事，新风古韵意无穷。

二〇一二年四月

咏牡丹

姹紫嫣红各展姿，牡丹自古不趋时。
蓄芳储秀春深发，赢得天香溢满枝。

二〇一二年四月

纪念《讲话》发表 70 周年

一自宏篇传九州,中华文运上层楼。
八方儒士临疆场,万管椽毫写国仇。
残叶枯枝随浪去,草根泥腿竞风流。
滔滔往事谁铭记,黄土茫茫延水悠。

二〇一二年五月

深圳小聚

清茶淡酒洗征尘,宝马轻车送故人。
地远天高情义重,鹏城一聚尽销魂。

二〇一二年五月

【注】

壬辰初夏,赴广东惠州参加诗词研讨会。转道深圳,蒙深港两地诗友热忱款待。漫步荔园,长廊依旧,只是诗栏换上了新作。读之心情大悦,深感诗词之树根深叶茂。呜呼!人生能得几回聚。白发频添,常生怀旧之情。收锡彬、宗驹二位赠诗,感慨之余,哼就一绝,寄南国诸友。

登山有感（二首）

（一）

龙钟老迈发苍苍，岂有豪情上武当。
旧雨新知勤助力，半推半拽入云乡。

（二）

登顶攀巅望远方，野云飘荡楚天茫。
休言一览众山小，华夏千峰挺脊梁。

二〇一二年六月

鹧鸪天·喜看神九发射

又见神舟遨太空，九霄之外接天宫。领先莫道君行早，昼夜兼程赶路匆。　　风雨急，杀声隆，中东南海气汹汹。安能曲膝仰超霸，科技兴邦挺脊胸。

二〇一二年六月

参观陈永贵墓

创业艰辛一布衣,当官拒禄更稀奇。
闲言碎语由他去,父老乡亲长念伊。

【注】

陈永贵曾任国务院副总理。他和当时的领导人约定,三分之一的时间在北京,三分之一到各地考察,三分之一在大寨,不领国家工资,由大寨给他记工分发钱粮。

浪淘沙·京城暴雨

暴雨泻京都,路漫楼浮。通衢闹市变江湖。多少生灵沉浪底,万众惊呼。　　人类起宏图,气撼穹庐。改天换地小球殊。招福招灾谁预卜,天道难估。

二〇一二年七月

伦敦打油诗（四首）

伦敦奥运会创造了许多辉煌，也留下一些难解的困惑。辉煌令人放歌，遗憾也使人心潮难平。为补其阙，笔者写了几首打油诗。

（一）

银奖诚昂贵，金牌价更高。
若遇歪裁判，二者皆可抛。

（二）

泳馆创奇迹，流言继踵来。
中华亦有种，何必费疑猜。

（三）

飞车先撞线，金奖落尘埃。
罚你禁申诉，一言定赛台。

（四）

假摔收大奖，帝国有奇才。
绅士讲风度，频将暗道开。

二〇一二年八月

如梦令·国际闹剧三部曲

挑动人群闹事，勾起官方压制。好戏已开张，火速抓牢机遇。干预！干预！来个翻天覆地。　　打出人权旗帜，纠集豪门兄弟。万里赴戎机，炸个城崩人毙。上帝！上帝！此乃"伸张正义"。　　舆论铺天盖地，更有尖端武器。霸气逼云霄，定使政权易帜。放肆！放肆！环宇归俺管制。　　西亚烽火未熄，红土杀声又起。世界不安宁，帝国火中谋利。警惕！警惕！莫做痴人梦呓。

二〇一二年八月

浣溪沙·洪泽湖畔看陈毅诗碑

倭寇当年舞战鞭，河山血染迹犹鲜。乌云又起滚南天。　　雨骤风狂思劲草，浪高水阔诵宏篇。巍巍浩气荡胸间。

二〇一二年九月

浣溪沙·游老子山

泽畔隐居看大千，修身悟道度流年。骑牛西去杳如烟。　　汉字五千涵大智，土台三尺赛高山。遐思不尽忆前贤。

二〇一二年九月

【注】

老子山在洪泽县苏皖交界处。大别山到此渐消，只剩下若干小凸包。传说两千多年前，老子在这里隐居、炼丹。

猫鼠同欢

主人赴会我看家，打滚伸腰日影斜。
忽见厨房窜硕鼠，同餐共饮乐无涯。

二〇一三年三月

破阵子·神驰张家界

曾是穷山恶水，今朝宾客如潮。云底峭岩抛白练，洞里冥河冲险礁。游人心浪高。　　虹挂烟飘雾绕，绿茵曲水廊桥。十里清风催客醉。朴突一声树影摇，泼猴上柳梢。

二〇一三年四月

虞美人·金鞭溪漫步

三千巨石冲天挺,直刺云霄顶。清溪款款出花丛,轻展弯弯曲臂挽雄峰。　　柔肠铮骨相辉映,妙趣谁能省。天涯何处觅痴情,尽在苍山秀水峭岩中。

二〇一三年四月

炎陵吊革命烈士

工农十万起南天,怒火燃红湘赣边。
烈士头颅慈母泪,赢来华夏百花妍。

端午怀屈原

媚骨张扬傲骨沉,汨罗千古荡诗魂。
而今环宇霸权酷,谁赋风骚说暴秦。

赞神农

寻医尝草倡耕耘,洣水罗霄汗雨淋。
莫道先皇皆显贵,神农原是种田人。

二〇一三年六月

闻日本首相安倍晋三鼓噪修宪

晋三何所事，修宪改朝纲。
昔日举兵燹，环球半死伤。
罪魁身已殁，孽种气犹狂。
莫走东条路，恶名千古彰。

二〇一三年六月

街头偶感

假货满街摆，唯余厕所真。
忽飘长辫子，原是大男人。

二〇一三年七月

清平乐·中秋望月

今宵晴朗，万众凝眸仰。耿耿银河波影漾，冉冉月儿东上。　　光华洒向苍穹，清凉留给秋风。羞与骄阳争艳，渐行渐远无踪。

二〇一三年九月

赴黄岛过跨海大桥

谁架长虹云水间，漂洋过海一溜烟。
神仙亦恨祥云慢，飞起车轮桥上颠。

二〇一三年九月

贺林峰诗翁八十华诞

八十何曾老，红霞映夕阳。
诗书多硕果，桃李满香江。
林茂藏幽境，峰高望远方。
良辰须尽兴，再发少年狂。

【注】
林峰，诗词家，曾任香港诗词学会会长。

恭王府忆前贤

安波

兄妹开荒惊宇内，春风诺敏拓新河。
鞠躬尽瘁英年殁，留得豪情壮逝波。

【注】
安波（1915－1965），著名作曲家、戏剧家。1938年进入

延安鲁艺。代表作有秧歌剧《兄妹开荒》、话剧《春风吹到诺敏河》等。曾任辽宁人民艺术剧院院长、中国音乐学院院长。二十世纪六十年代在府内办公。

马可

长歌短曲俱情深，天下何时不唱君。
寒夜将明含憾去，清风朗月忆斯人。

【注】

马可（1918—1976），著名作曲家。1939年进入延安鲁艺。谱有歌剧《白毛女》（与张鲁、瞿维合作）、《小二黑结婚》，秧歌剧《夫妻识字》，歌曲《南泥湾》、《咱们工人有力量》，管弦乐《陕北组曲》等。曾任中国音乐学院院长、中国歌剧舞剧院院长。二十世纪六七十年代在府内办公。

郭汉城

梨园诗圃两情长，铁笔遐思相映光。
沥血呕心追信史，观堂之后又一堂。

【注】

郭汉城，著名戏曲史家、戏剧评论家、剧作家、诗词家。与张庚共同主编《中国戏曲通史》。曾任中国戏剧家协会副主席、《中国戏剧》主编、中国艺术研究院副院长。二十世纪八十年代在府内办公。

二〇一四年三月

赠梁松

苦辣酸甜有几多？京华闯荡渡诗河。
双肩扛起千秋业，耿耿男儿吕大哥。

二〇一四年四月

病愈谢亲朋好友

未经伤感事，却做断肠人。
卧榻听医嘱，飞刀除孽根。
秋风催健朗，春雨洒温馨。
老马虽羸弱，扬蹄尚有神。

二〇一四年四月

临江仙·又到延安

静静延河穿陕北，聚来多少前贤。红旗一展九州妍。东方腾瑞气，古国换新天。　　万众齐追中国梦，路遥任重业艰。东倭西霸虎眈眈。久经风雨沐，何惧远征难。

二〇一四年四月

新陋室铭

　　山本不高，无仙无名；水亦不深，无龙无灵。斯是陋室，人微言轻。书柜藏今古，荧屏看腕星。谈笑多寒儒，往来有白丁。　　可以追往事述新风，可以观大千话民情。有家国之忧患，无钱权之劳形。常诵出师表，久仰风波亭。主人云，室接地气，陋而温馨。

二〇一四年五月

哀布朗

　　一枪毙命倒街前，滥杀无辜若等闲。
　　执法高官心似铁，含冤慈母梦难安。
　　昔闻西土夸民主，今见狂潮斥霸蛮。
　　众目睽睽观宇内，人权大国丧人权。

二〇一四年十一月

闻美国无人机屡炸平民

横冲直闯卷烟尘,他国蓝天任我奔。
耀武扬威称"反恐",开枪投弹屡伤民。
滔滔宿敌五洲觅,衮衮苍生两泪噙。
岂有强权能"救世",无人机下聚冤魂。

二〇一四年十一月

送别邓力群同志

百岁乘风去,依依别故园。
奋身开伟业,矢志创新篇。
人醉公犹醒,年高骨更坚。
回眸应笑慰,旭日上东天。

二〇一五年二月

读抗战烈士家书

临难疾书叮嘱殷,惟期嫩木早成林。
泉台此去留何物?耿耿中华赤子心。

二〇一五年四月

寄岭南诗友

虚位浮名多累身,闲云野鹤任驰奔。
一腔热血付椽笔,我辈安当逐禄人。

二〇一五年七月

病中迎接诗词学会四代会

谁令风骚历转机,神州处处举吟旗。
夯基筑路闯关急,知古倡今追梦痴。
沥血呕心先哲去,登巅攀顶万民期。
迎春何必枝头闹,育蕾催芳作沃泥。

二〇一五年八月

送别同吾

病中闻噩耗,斗室独潸然。
矢志兴诗国,挥毫著彩篇。
同寻比翼梦,共筑并飞坛。
人去魂犹在,传薪有后贤。

二〇一五年八月

【注】

　　1998年秋，我与同吾先后搬进中国作协华威北里宿舍楼新居。他在中国诗歌学会任职，我在中华诗词学会打工，见面免不了聊起诗歌。新诗与旧体诗应当互相学习，互相尊重，同荣并茂，比翼双飞。这是我和同吾的共识，也是新旧诗界许多诗友的共识。我和同吾不但经常交谈，还曾多次共同操办新旧诗界的联合活动。他小我一岁，竟先我而去。为送老友，谨奉小诗一首。

采桑子·重阳聚会

　　清风一缕送凉意。又见秋霜，喜聚重阳。泼墨挥毫赋菊香。　　人生难得老来畅。一世奔忙，几度沧桑。拄杖犹能挺脊梁。

二〇一五年十月

白岩山神游

　　何处奇峰耸，凌空拖玉盘。
　　洞深藏梦幻，溪澈送幽寒。
　　东海天边涌，春花岩上丹。
　　神驼呼远客，携侣共登攀。

二〇一五年十月

赋"海棠雅集"（新声韵）

曾窥王府变学堂，又见学堂变景光。
植绿培红驱雾瘴，品茗观艺赏华章。
老城何处留京韵，新蕾多情着艳妆。
今日名园重聚会，挥毫泼墨共倾肠。

二〇一六年六月

吊屈原

屈子年年祭，滔滔各有辞。
狂吟留雅韵，傲骨出真诗。
抗暴群奸忌，投波万众悲。
我来千载后，惭愧入沉思。

二〇一六年六月

贺《诗刊》创刊六十周年

植绿培红六十春，风霜雨雪记耕耘。
诗心应有民心伴，一曲清歌铸国魂。

二〇一六年十一月

接年历大喜寄玉明院士

王玉明院士酷爱诗词、摄影。阳历年将尽,忽收到玉明寄来的摄影年历,有他从世界各地拍来的奇观,有他为风光景物写的诗,画面与诗章均使我深深陶醉。大喜过后,作小诗一首。

幻景奇观扑面开,绵绵诗韵卷中埋。
金鸡未唱春先到,为有故人投影来。

二〇一六年十二月

附:王玉明诗

次韵答谢伯农兄赠诗

且待春花次第开,烦忧尘秽俱深埋。
"三清"诗韵君先觉,流水高山故旧来。

二〇一六年十二月

寿诞呈欧阳老

电力风骚溢满怀,柔肠侠骨映诗才。
莫愁蓟北春来晚,一鹤冲天万朵开。

二〇一七年一月

【注】

欧阳鹤，电力专家，著名诗词家，首届华夏诗词奖一等奖获得者，中华诗词学会顾问。今年一月是欧阳老九十华诞。

看《人民的名义》

何处悠悠唱大风，痴情正气满荧屏。
入民心者留青史，不炒不喧花自红。

二〇一七年五月

听新闻有感

如梦令（二首）

媒体报道，美国允许国民持枪，近年来，每年饮弹自杀约2.2万人，被人枪杀约1.5万人。闻之颇为震惊。美国不断指责别人不讲人权，自己的人权状况又是如何？乃作小诗以咏所感。

（一）

岁岁狂颁文告，指责他邦无道。侃侃话人权，
颠覆制裁施暴。霸道！霸道！作孽终无好报。

(二)

对镜请君细照,评品自家面貌。后院乱脏污,山姆应知羞臊。休闹!休闹!回到和平正道。

二〇一七年三月

水调歌头·咏十九大

才揽金秋月,又接艳阳天。三千英杰相聚,商议创新篇。难忘如磐风雨,牢记先驱喋血,薪火百年传。开国奠基业,改革闯雄关。　蓝图绘,征程远,众心坚。明灯指路,兴业圆梦勇登攀。岂止消除贫困,更促全球互利,　共建大家园。走进新时代,清气满人间。

二〇一七年十月

绝句（三首）

报载：前南斯拉夫问题国际法庭日前关张。最后一位被审判者在法庭上念完自己的辩护词，随即服毒自杀，以示抗议。闻之颇有感慨，诗以记之。

（一）

分疆裂土灭南邦，巨手操盘在远方。
点火煽风齐奏效，除根斩草设刑堂。

（二）

拉旗升帐审囚忙，元首高官皆过堂。
慷慨陈辞掀黑幕，谎言日久自昭彰。

（三）

闹剧连台终谢幕，峥嵘青史总难忘。
环球公理今何在？霸主横行小国殃。

二〇一八年一月

观特朗普挥舞"制裁"大棒

山姆发威急,八方施制裁。
有心称霸主,无力压群才。
潮进逆流涌,人狂信口开。
小球须共建,作孽必遭灾。

二〇一八年八月

贺《中华辞赋》创刊五周年

诗联辞赋耀中华,西化风中同戴枷。
志士仁人齐努力,敢教老树绽新葩。

二〇一八年十二月

悼念非光

大地春归日,英魂赴远方。
虚名冷眼顾,重担铁肩扛。
潮涌泥沙下,风狂劲草昂。
初心携入土,何处觅衷肠。

二〇一九年二月

【注】

徐非光,革命干部,当代文艺评论家。曾任文化部政策研究室负责人、中国艺术研究院领导小组副组长、中宣部文艺局正局级巡视员。著有文艺评论集《赶考—远未终结》《艺术属于人民》及专著《"和平演变"战略的产生及其发展》等。

龙之歌

久有凌云志,曾宿水帘宫。红尘滚滚,波中难觅幽境;大浪滔滔,助我穿雾腾空。情系家国,常记兴衰荣辱;胸怀环宇,冷对风雪雷霆。勤迫中国梦,切盼五洲降。制裁施压,难撼老龙。挺胸昂首,应对从容。可上九天揽月,可下五洋戏鲸。小球须共建,世界走大同。人间正道,天下为公。

二〇一九年三月

楹联

吊乐圣瞎子阿炳

半生潦倒,满腹辛酸,都付与湖畔清泉,天边明月; 万众醉迷,五洲钦仰,共倾听弦中绝响,心底悲歌。

二〇〇一年九月

题赠西北青年学子

双眼慎将清浊辨;
一生不受浪潮欺。

二〇〇六年九月

贺冯德英文学馆落成

椽笔如龙书众庶;
三花似火映千秋。

二〇〇八年七月

题赠深圳荔园诗社

古韵新风皆入耳；
鸿儒工仔共挥毫。

二〇〇九年十月

小小火锅店

含笑恭迎黄白黑；
开锅喜涮海陆空。

二〇一一年二月

吊文坛先辈冯雪峰

　长征历艰险，赣南斗敌顽，一生风雨，铸成铮铮铁骨壮青史；　湖畔领风骚，京沪传翰墨，满纸文章，留取奕奕神采照后人。

二〇一一年三月

吊骆宾王

　　一生落拓,一檄震天,一败销声,问茫茫大地,何处能觅斯人浪迹;　　几度沧桑,几番风雨,几经褒贬,看漠漠烟村,至今犹吟文杰诗章。

二〇一一年三月

贺杨金亭同志八十华诞

育桃李作嫁衣编辑生涯苦中有乐;
写沧桑舒块垒诗人本色笔底藏锋。

二〇一一年七月

悼念诗友曹继万

桃李无言,记得默默耕耘者;
风骚有幸,赢来悠悠赤子心。

二〇一一年十月

【注】
　　曹继万(1947-2009年),诗词家,曾任荆州市诗词学会常务副会长、《荆州诗词》主编。

贺嘉兴市编辑出版《南湖之韵》

一叶扁舟，引来百舸争流，千帆竞渡，南天遥指振邦路；　满湖春水，勾起万民留韵，举世挥毫，诗海共抒报国情。

二〇一一年十月

敬之同志八十七华诞

志士魂、苍生愿、生花笔、赤子心，八十七年常垂忧国泪；　喜儿怒、雷锋勤、桂林山、延河水，九百万里同唱正气歌。

二〇一一年十二月

贺梁东老夫子八十华诞

情牵苏皖，笔走幽燕，热血一腔铸丽词，招来衮衮粉丝频学步；　酒酿皮簧，梦追风雅，神州万里兴诗教，赢得翩翩桃李竞扬枝。

二〇一二年五月

瞻仰瞎子阿炳塑像

墓中静卧小人物；
世上争传大乐章。

二〇一二年五月

访聋哑人学校

从沉默里爆发；
在比划中提高。

二〇一二年五月

送别贾漫大哥（二首）

（一）

雨雪风霜，阴晴圆缺，无悔无尤追理想；
琴棋书画，茶酒诗文，多才多艺写沧桑。

（二）

文海泛舟，斩浪劈波思诤友；
秋风送客，敲诗锤句失良师。

二〇一二年八月

沉痛悼念张结老主编

笔卷五洲风云,电波万里传春讯;
心怀百姓忧乐,热血一腔赋丽辞。

二〇一二年九月

【注】

张结(1929—2012年),革命老干部、著名记者、诗词家,曾任新华社副总编辑、中华诗词学会顾问、《中华诗词》主编。

贺邹积慧先生《北国吟草》出版

热心率万马千军,矢志戍边耕黑土;
放眼看五洲四海,纵情走笔写真诗。

二〇一三年十月

【注】

邹积慧,诗词家,曾任黑龙江省农垦局常务副局长,现为中华诗词学会常务理事。

送别张锲老大哥

追梦想克难关一生锲而不舍；
谱佳篇兴善举终日张而不弛。

二〇一四年二月

挽宁夏秦中吟会长

兴诗社、创诗刊、育嘉树、开新局，朔方永记领潮者；　解民心、抒民意、扬国魂、铸佳篇，华夏同吟正气歌。

二〇一四年

贺陈文玲同志新著出版

泼墨挥毫诗浪涌；
建言献策智囊开。

二〇一四年初秋

龙游胜景（五首）

（一）

城傍两江水；
舟迎万国宾。

（二）

天高地远龙游去；
气正风清凤归来。

（三）

莽莽民居藏古意；
悠悠石窟蕴玄机。

（四）

衢江已闯千滩去；
龙洞长留万古谜。

（五）

入座品一壶淡雅；
登楼观四海风云。

二〇一五年四月

【注】

龙游属浙江省衢州市，位于闽浙赣交界处。著名的龙游石窟有两千多年历史，是人工凿成的巨大石洞。这里两江交映，山清水秀，是古代的交通要道。

贺《爱国诗僧八指头陀》出版

空门几度挥椽笔；
诗国千秋仰圣僧。

二〇一五年十月

贺《罗洋雅集》出版

高手如林写不尽安溪胜景；
深情似海流不完八闽乡愁。

二〇一七年十二月

题怀柔诗会

万国魁元聚雁湖,共议寰球大计;
八方才俊游灵境,争吟旷代新篇。

二〇一八年三月

贺玛拉沁夫同志八十八大寿

奏晨曲,赋草原,妙语连珠传锦绣;
唱敖包,会静女,晚霞似火享安康。

二〇一八年八月

贺福建诗词学会成立三十周年

闽江潮,苍山月,侨乡梦,老区情,都付与一管狼毫,满腔诗韵; 黎民愿,赤子心,故园愁,凌云志,终凝就连篇佳句,绝代华章。

二〇一八年十二月

新诗

大规模杀伤性武器，你藏在哪里？

5月29日，《北京晚报》刊登一条国际消息："对于美国五角大楼来说，5月27日绝对是个好日子。因为他们的调查人员终于发现了这几个月来他们一直在寻找的东西——100瓶装有炭疽菌和其他危险病菌的玻璃瓶——这足以成为研制大规模杀伤性武器的有力证据。然而，他们并没有如想象中的那样高兴。因为这些小玻璃瓶并不是在伊拉克的某个生化武器工厂被发现，相反，这些细菌安静地躺在美国马里兰州阿纳波利斯市的德特里克港军事基地的一个地下室内。这里距离首都华盛顿不到50英里（约80公里）。"

  大规模杀伤性武器，
  你藏在哪里？
  在高山，在平原，在沙漠，在绿洲？
  善良的人们要远离你，
  霸道的人们要垄断你。
  你是科学的异化，
  智慧的逆光；
  你是安全的威胁，
  战争的借口。
  你是一件危险品，
  还是一件特殊道具。
  超级大国拿起这件道具，
  演出一场既蛮横又血腥的历史闹剧。

  大规模杀伤性武器，

你究竟藏在哪里？
在工厂、在仓库、在军舰、在兵车？
你藏在战争狂人的叫嚣里，
超级大国的指控里。
谁招惹了世界霸主，
谁就会得到一顶大帽子：
"勾结恐怖组织，
制造大规模杀伤性武器。"
先动武，后举证，
哪怕证据全无，
也要杀个国破家亡。

大规模杀伤性武器，
你到底藏在哪里？
在穷乡、在富土、
在"邪恶轴心"、在"自由世界"？
人们布下天罗地网，
苦心孤诣地捕捞你。
追捕者是你的最大拥有者，
被捕者是莫须有的嫌疑犯。
正当大巫抓小巫的游戏玩得热火的时候，
西方舆论媒体突然披露，
原来这个令人揪心的物件，
就在山姆大叔的后院里，
就在五角大楼的兵工厂里。

二〇〇三年五月

闽江颂

——电视连续剧《船政风云》主题歌

穿山越岭入东海,
奔腾日夜忙。
春夏秋冬一江水,
流不尽悲欢离合企盼与忧伤。
滚滚汇汪洋。

穿山越岭入东海,
奔腾日夜忙。
人杰地灵两岸秀,
看不尽兴衰荣辱悲壮与辉煌。
中华有脊梁。

二〇〇六年五月

附录：诗词问题访谈录

——答《中华文化》记者问

记者：您是全国知名的文艺理论批评家，可是从简历上看，您怎么学的却是音乐？

郑伯农：学习音乐完全出于个人兴趣。我从小就喜欢音乐，后来考上中央音乐学院附属中学。1951年，全国有很多人参加考试，一共只招了16个人。我在附中学习了六年，在中央音乐学院本科学习了五年，毕业后留校任教又待了十几年。可以说我的上辈子是在音乐圈子里度过的。

记者：为什么后来搞文艺理论？

郑伯农：我从小喜欢音乐，稍微懂点事之后，也喜欢上了理论思考。后一点大概和家庭影响有关系。上中学的时候，我崇拜贝多芬、柴可夫斯基、聂耳、冼星海，也崇拜鲁迅、瞿秋白、别林斯基。课余读了不少文史哲方面的书，虽似懂非懂，却读得津津有味。1957年，中央音乐学院成立音乐学系。我成了这个系的第一批学生。文革结束后，刚刚恢复的文化部成立政策研究室，室内有个理论组。我被他们借调过去，参加撰写批判"四人帮"的文章，后来参加全国第四次文代会的筹备工作。开始是借调，后来有借无还，不让我回音乐学院，在中国文联研究室协助主要负责同志做工作。这样，我就转到文艺理论批评的研究和组织工作领域中来。

记者：那您为什么后来转向诗词创作和研究？

郑伯农：我退休以后，年纪大了，得了一场病，头晕，可能是长期伏案工作引起的。过去我对诗词本来就有点兴趣，写过一点诗词，有关方面就邀我到诗词界参加活动。一旦参加进去，有些朋友就千方百计把我套住。不是说他们一定要拉住我不让我走，有被动因素也有我自己的原因。我过去习惯于长期伏案工作：看书、写文章。得了心脑血管病后，医生建议不要长期伏案，不要开夜车，更不能抽烟。显然，生活节奏和生活习惯要有一个大变化。不能像过去那样源源不断地写大块文章了，那么，干点什么好呢？诗词是比较适宜的选择。它篇幅很小，写起来比较省劲，既可以延续写作生命，又不须费太大气力。再者，过去我一直从事文艺方面的调查研究，只就文艺问题发表意见。随着阅历的增多，对人生、对社会不能不产生种种感悟，颇想在这方面一吐胸中之积郁。诗词是很好的表达形式。一是身体原因，二是思想感情方面的原因，使我一步步走到诗词这条路上来。

记者：在您的诗词创作中，谁对您产生过重要影响？

郑伯农：对我有重大影响的应该是诗人臧克家。他可以说是我的恩师。1993年，我带一个中国作家代表团去越南访问。回国后有报刊要我写点稿子，于是就写了几首诗。我觉得写得很一般，可是老诗人臧克家看到后居然给我写封信，他说我的诗词可堪造就，要往深处钻研，今后要一边写文艺评论，一边写诗。他还给我改了个别重要字句，也夸奖了我几句。他是诗坛泰斗，一番鼓励让我树立起信心。我开始省悟到，不仅作家身上有艺术细胞，像我们这样习惯于逻辑思维的人，身上也可能埋藏着艺术细胞。既然如此，何不尝试一下，在自己的身上开发形象思维？有了臧老的鼓励，我就陆续写了一些格律体的诗。此后，心有所动就动笔写几句，就像抽烟一样，抽多了，慢慢就上瘾了。记得近二十年前，我每写一组，就寄给臧老。他像抓"扶贫"工程一样给我指点。我走进诗词的院落，完全是臧老把我推进来的。还有一个人，就是诗人贾漫。他曾任内蒙古作协副主席，内蒙古诗词学会副会长。我们是文友，也是棋友，经常在一起下象棋，一面落子，一面谈诗。他记忆力特好，能背诵普希金《奥根·奥涅金》的中译本，背古典诗词更不在话下。我的许多新作经他看过，他毫不客气地指谬，帮我推敲完善。他长我四岁多，最近得病在天津卧床。想起老恩师，老朋友，我心里很不平静。

记者：您现在是用电脑写作还是用笔写作，过去您是怎样安排每天作息时间的？

郑伯农：我还是用笔写作，用电脑不行。我年轻的时候，时间安排得比较紧。从中学后期到大学期间，除了完成课堂作业外，还要自己看一些东西，背一些东西。民歌、戏曲、诗词、古文都要背一些。我的辅导老师黄翔鹏是著名音乐理论家，他建议我多背民歌，还要背诗词歌赋，这使我终生受益。"文革"中，我起初热忱"参加革命"，后来成了牛鬼蛇神。除了劳动，接受批斗外，有空余时间就偷着看一点书。打倒"四人帮"后，先后到文化部、中国文联工作。为掌握社会思潮和文艺思潮，不能不大量阅读。到中国作协党组工作并担任《文艺报》总编辑后，自学的时间少了。因为当时的工作任务压得人简直喘不过气来，要开会，要处理行政事务，要参与诸多的应酬活动，还要看稿子。一般情况下，我白天上班，都是处理零碎的事情，许多比较重要的稿子都是晚上回家处理，要改要看。那个时候就没有什么学习计划了。

记者：您在诗歌创作过程中最大的苦恼是什么？

郑伯农：创作过程中倒没有什么苦恼，如果有苦恼我就不写了。因为我都是在业余时间写。我在《文艺报》工作时，写诗等于调节生活。写文章很累，看稿子很累，处理一些问题又比较伤脑筋。写写诗，换换脑筋，不乏一定的乐趣。好多诗句是在观察思考中突然冒出来的，不像写文章那么辛苦。

记者：您的家人支持您进行诗歌创作吗？她们怎么评价您的作品？

郑伯农：我爱人和女儿都支持我在中华诗词学会做事。但是她们都不管我做诗，也没有评价过我的诗。

记者：您怎么看待情诗，写过吗？

郑伯农：我专心投入诗词事业，是五十岁以后的事情，已经不是谈情说爱的年龄了。我只写过两首爱情诗，一首写给一个已经离开我的女朋友，也可以说，给我的初恋女友。那是一段不堪回首的往事。我在中央音乐学院的时候谈过恋爱，我们在一起相处十几年的时间。"文革"期间，因为江青说我父亲是假党员、美国特务、印度特务，还点名批判由我执笔的一篇《光明日报》编辑部文章，我就把自己的手稿、文稿以及我父亲的一些稿子藏在她家里，结果这些文稿被说成特务的黑材料、联络密码。红卫兵到她家里抄家，斗她父亲，把老人家折腾苦了。他哪里知道，特务的帽子也可以瞎扣一气。一时想不开，她父亲就开煤气自杀了。此事让我心痛一辈子。"文革"中我解放无望，对方只好离开我。临要分手的时候，我给她写了一首诗。还有一首就是写给我爱人的，在我们银婚纪念的时候。我们经"月老"介绍认识。那时，她是北京知青，在内蒙古兵团种地、教书。我们通信来往一段时间，共同语言很多。我"负罪"在身，她远在边疆，大家谁也不嫌弃谁。在北京见几次面后，就订下终身。结婚时，我已是中年人。中老年人也有爱情，和青年人不一样。青年人一见钟情，充满着青春火焰。中老年人的爱情是相濡以沫，相依为命。表面上不那么火热，像平静的水流。但水里有浓浓的酒。"同看阴晴圆缺，共尝苦辣酸甜。总把热肠酬冷眼，秉性难随世道迁。匆匆白发添。"写的就是老年人的爱。

记者： 近年来，手机短信已经成为节日期间国人互相问候的一种普遍方式。不少人喜欢用诗歌来编写拜年短信。您怎样看待这种有趣的现象？

郑伯农： 我觉得这个现象既是充分利用了现代科技，使文艺与科技相结合，又是恢复了古老的传统。与科技相结合不用多说，手机通讯本身就是很现代化的一种手段。怎么叫恢复古老的传统？就是传统的诗歌，传统的文艺不是那么太私人化、专业化的。传统的文艺互动性很强，不是单纯的我写你看、我唱你听，而是共同参与，互相启发，同娱同欢。所以古代诗人经常互相唱和，唱民歌经常有问有答。用手机发一条短信，他不是为了得奖，也不是为了成名，虽然是创作，但这就是生活的一部分。过年过节很高兴，就会把心情写成一首诗，传给朋友。朋友和了一下，然后又有其他的朋友一起和。所以，手机传诗既很现代化，又很有传统色彩。现在，手机送诗已成为诗词的一种重要传播途径。

记者： 当前有这样一种现象，老年人喜欢诗词歌赋，小朋友也喜欢诗歌，但似乎中青年人较少涉足。您怎样看待这种两头热闹中间缺失的现象？

郑伯农： 可以说是老年人偏多，青年人少一点儿，但不是说整个缺失了。我们现在的《中华诗词》杂志执行主编高昌，才四十岁多一点儿，写诗起码有20多年的历史，他就曾经是青年诗人。《中华诗词》杂志社每年要举行一次"青春诗会"，邀请十位左右成绩突出的青年诗人到京开会，切磋诗艺。每年都有生气勃勃的青年诗才涌现出来。

记者： 是否可以说中、青年人其实也是喜爱诗词的，只是生活压力大、时间少而已？

郑伯农： 青年人中，诗词爱好者没有老年人多，但也有一定的数量。前几年北京有个网站，是青年诗人的网站。过年的时候，主持者写一首古体诗，在网上发出去，马上收到几百首和诗，都是青年人写的。后来他们把在网上唱和的作品结集出版，找我作序，我就给他们写了个序。从青年人那里，我学到不少东西。

记者： 您怎么看待旧体诗与新诗的关系？在当代社会，它们应当怎样相处？

郑伯农： 传统诗词有几千年的历史，新诗也有近百年的历史，它们都是中华民族宝贵的文化财富。新诗更接近于口语，更便于为一般人所掌握。格律诗更凝炼，更富有形式美。二者各有自己的长处与不足之处。我们一贯认为，新诗和旧体诗应当互相补充、互相学习、互相竞赛、同荣并茂。诗歌要"百花齐放"，就要容纳各种不同的诗体。新诗和旧体诗中，都有精品力作，也都有平庸之作，甚至丑陋之作。不要拿自己的长处比别人的短处，不要掩盖自己的短处，专抓对方的短处。新诗和旧体诗，只要内容积极、感情真挚、形象鲜明、意境优美，就都是好诗。

中国作协党组书记李冰在一篇讲话中说，新诗和旧体诗好比飞机上的两翼。我觉得这个比喻很准确，很生动。两翼要谐调，飞机才能顺利地飞翔。

记者： 您认为古典诗词和当代诗词有什么不同？它们应

不应该有所不同，您在创作中如何处理这个问题？

郑伯农：艺术具有很强的继承性，诗词尤其是这样的。譬如绝句、律诗、曲子词诞生于隋唐，至今仍在沿用。今人填词，字数、句数、押韵、平仄，和一千多年前大致一样。不过这并不意味着当代诗词只是古代诗词简单的延伸。王国维说，一代有一代之文学。古代的《诗经》《楚辞》《乐府》、唐诗、宋词，它们都是很不一样的，各有自己的独特风貌。今人写诗，内容和形式都与古代不同。首先是内容上的不同。当代诗词要表现今天的生活，体现当代人的思想感情。同时，表现形式、诗的语言，也应与古代有所不同。诗词更接近于文言，但仍要让人感到是当代人在说话，是说当代的话。如果让人感到你是当代的林黛玉，当代的宋玉、潘安，这就失败了。现在有些人喜欢仿古。以为越像古代人，就越有诗词韵味。刘征同志把这种现象称为制作"假唐三彩"。初学者往往要经过摹仿的阶段，对此无须大惊小怪。但只停留在再现"唐风宋韵"的阶段上，是不可能有大作为的。

我个人没有刻意追求"当代性"，我活在当代社会，对生活有了感受，把它用诗的语言写出来就是。我讲的是我的话，是当代人的话。写好了，就不会古色古香。作为一个沐浴过时代风雨的人，我不能不感到，个人的命运和民族、国家的命运是很难分开的。所以，不论处境如何，都比较关心周围的大事。这一点总能或多或少地反映到诗作中来。我对风花雪月比较缺乏感应力，比较关注的还是人情、民情、国情、社情。诗词固然比较高雅，但我从不刻意追求高雅，倒是常常想着要让一般读者都能接受。除了写给诗词界的前辈师友外，我很少用典故，也从不用只有在古代汉语词典中才能找到的辞汇。我知道，自己不过是个凡夫俗子，装雅士也装不像，也就不去装腔作势了。在我看来，明白晓畅、雅俗共赏，这才是诗词的高境界。我最近看到山西朋友、包括山西农民诗人写的一批散曲，深深被迷住了。它们既有诗词韵味，又有浓郁的泥土气息。生动活泼，幽默潇洒。我很喜欢土气、草根气，它比"贵族气"要清新多了，比"铜臭气"更不可同日而语。

记者：您认为当代诗词在今天的文艺格局和社会生活中处于什么地位，扮演了什么角色？

郑伯农：古代，诗歌在文艺生活和社会生活中都是十分重要的角色。劳动、婚恋、战争、祭祀，各种群体活动和民俗活动，都离不开诗歌。两千多年来，诗词一直是中华文艺王冠上的明珠，各个文艺品种中，诗的地位最显赫。"五四"反对旧文化、旧文学，诗词一度被打入冷宫，从此新诗取代了旧体诗，后者被拒于新文化的大门之外。新时期以来，对诗词的偏见逐步受到质疑，民族虚无主义的观点得到一定程度的清理，旧体诗词从尘封中走出来，从复苏走向复兴。现在，新诗一花独尊的局面已被打破了。到去年年底，中华诗词学会共有一万九千多名会员。加上省市县的会员，总人数达百万之众。全国各省、市、自治区，包括港澳，除了西藏外，都成立了自己的诗词学会。中华诗词学会的机关刊物《中华诗词》，每期发行量近两万五千份，是全国发行量最大的诗歌刊物（含新诗刊物）。据有关人士统计，网上发表诗词，其作者量、作品量、读者量都不小于新诗。诗词的质量在稳步提高，出现了不少很有实力的作者和颇具魅力的作品。当然，精品力作仍然较少，提高创作水平仍是摆在诗词界面前的迫切任务。

　　诗词在复兴，这是大家都看得到的事实。那么，它在今天社会生活中的影响，能不能恢复到春秋战国时期、盛唐时期那种辉煌？应当看到，古代文艺生活是比较单纯的，那时没有今天那么多的文艺形式和文艺传媒。今天，文艺品种比过去要丰富得多。特别是伴随着高科技的发展，文艺载体和传媒的面貌日新月异。二十世纪初，电影刚刚问世，它就逐渐取代了老资格的姐妹艺术，成为"最有群众性"的艺术。今天，电视比电影更厉害。论受众之多，谁也赶不上电视连续剧。小说曾经盖过诗歌，一度成为最有人气的文艺品种。但今天的小说如果不"触电"，不被改编为电视剧，其受众是很有限的。应当承认，诗词笼罩一切的时代已经过去了。今天，它不可能像先秦、像盛唐时期那样，成为文坛唯一的领衔主演者。尽管这样，我们在摆正诗词的社会地位的同时，决不能妄自菲薄，轻视诗词在今天的作用。要看到：

　　一、虽然今天的文艺品种十分多样，诗歌只是文艺百花中的一种，但诗词有它独特的表现方式和独特的魅力，是任何其他品种所不能替代的。譬如，它十分凝炼，具有高度的概括力，能够十分准确、十分精练、十分鲜明地表达一个时代、一个民族的时代精神和民族精神。说到民族精神，人们首先会想到经典诗词中的一些名句。如："人生自古谁无死，留取丹心照汗青。"（文天祥）"苟利国家生死以，岂因祸福避趋之。"（林则徐），"为有牺牲多壮志，敢教日月换新天"。(毛泽东)它们所产生的精神力量,超过了许多名噪一时的大型作品。

二、诗词不但本身具有强大的感染力,对其他文艺品种也有深远的影响。人们常说,文学是诸多艺术门类的基础。歌曲、戏剧、戏曲、曲艺、电影、电视剧,都离不开文学本子。如果说文学是基础,那么诗则是文学语言的基础。艺术语言要诗化,美的作品要富有诗意。为什么人们常用"史诗性"这个词赞美杰出的长篇小说和戏剧作品。因为富有诗意,不但是对诗歌的要求,也是对诸多艺术品种的共同要求。苏东坡称赞王维的作品,"诗中有画、画中有诗"。优秀的画家、书法家,都很重视诗词修养,有的还是写诗的名家。著名国画大师齐白石,是公认的诗词高手。当代书法家沈鹏、绘画大家王为政,都兼擅诗书或诗书画。诗词修养不但对文艺家是不可或缺的,许多科学家也努力与诗词结缘。科学家们认为诗词可以培养人的创造力和想象力,可以提升人的思维。中国科学院院士杨叔子,就是当代诗教事业的首倡者之一,几十年如一日地为此奔走呼号。

总之,恢复古代那种文艺格局,让诗词重新独占鳌头,重新成为文坛的巨无霸,这是很难做到的。但诗词一定会创造新的辉煌,达到新的高峰。对此应有充分的信心。

2012 年 4 月